転生陰陽師

~二度と地獄はご免なので、閻魔大王の神気で無双します~

賀茂一樹

Illustration hakusai

TOブックス

第二章 山の女神

第一話 共同依頼 006
第二話 戸籍を持つ氷柱女 031
第三話 新たな式神を求めて 074
第四話 一艘の幽霊船 098

目次

‖てんせいおんみょうじ・かもいつき‖

第五話　政府からの依頼……136
第六話　高校入学……187
第七話　山の女神……224
書き下ろし番外編　不良のお兄ちゃん……279
あとがき……298
コミカライズ第2話　試し読み……300

Illustration hakusai
Design AFTERGLOW

賀《か》茂《も》一樹《いつき》

冤罪で地獄に堕ち、
そこで染みついた魂の穢れを
浄化するため
輪廻転生した陰陽師。
閻魔大王から
神気を与えられたことにより
莫大な呪力量を誇る。
穏やかで落ち着いた
性格だが、転生の経緯から
冤罪が嫌い。
陰陽師事務所を開設し、
妖怪退治に励み穢れの
浄化に邁進中。

相《あい》川《かわ》蒼《あお》依《い》

イザナミの分体である山姫。
気が枯渇し人を喰って
山姥化するのを防ぐため、
一樹と式神契約を結んだ。
普段は大人しく
大和撫子といった雰囲気だが、
怒ったときは結構怖い。
八咫烏たちからは
母親のようになつかれている。

人物紹介

てんせい
おんみょうじ・
かもいつき

五《ご》鬼《き》童《どう》沙《さ》羅《ら》

陰陽大家である五鬼童家の娘で紫苑の双子の姉。
鬼神と大天狗の血を引いている。白神山地の絡新婦
討伐戦で命を救われた恩を返すため、一樹の事務所で
働くことになった。柔和で面倒見の良い性格だが、
蒼依とは一樹をめぐってしばしば火花を散らすことも。

水《すい》仙《せん》

絡新婦の妖怪。白神山地の戦いで一樹に敗れ、
式神契約を結んだ。目標はA級に至って
受肉すること。人懐っこそうな雰囲気を
しているが、打算的で人間的な情はない。
ただ、蒼依には上下関係を叩き込まれている。

五《ご》鬼《き》童《どう》紫《し》苑《おん》

陰陽大家である五鬼童家の娘で沙羅の双子の妹。
勝ち気で負けず嫌いながらもツンデレ気味な性格。
沙羅が一樹の側にいることをあまり良くは
思っていないが、助けられたのは事実なため
複雑な心境になっている。

第二章　山の女神

第一話　共同依頼

「それでは、賀茂陰陽師事務所を開所する」

「「おめでとうございます」」

私立の花咲高校に合格した二月下旬。

陰陽師の賀茂一樹は、自らの陰陽師事務所を開所した。

従業員は二名で、山姫で式神の相川蒼依《あおい》と、C級陰陽師の五鬼童沙羅だ。

所長の一樹自身は、受験シーズンで活動を休止していた昨年一一月、B級陰陽師に昇格した。

昇格理由は、自衛隊の師団と陰陽師とで行った共同作戦において、A級中位からC級上位までの絡新婦九体《じょろうぐも》を単独ないし共同撃破して、推薦されたためだ。

推薦者は、作戦に参加したA級陰陽師の五鬼童義一郎と、B級陰陽師六名。

B級陰陽師への昇格は、A級陰陽師だけが名を連ねる陰陽師協会の常任理事会で決まる。

A級四位である義一郎の推薦は大きく、一樹は早々に昇格した。

妖怪を調伏する陰陽師には、ランクに相応しい実力が求められる。

Ｂ級陰陽師であれば、Ｃ級上位の妖怪を危なげなく倒せる力が必要だ。

そのような考え方に基づけば、Ｂ級中位の鉄鼠《てっそ》を単独撃破し、Ｃ級上位の水仙を式神として使役した一樹は、明らかにＢ級陰陽師の実力を備えている。

「Ｂ級は、都道府県支部の統括陰陽師と同格です。開所時点で所長の一樹さんがＢ級なのは、とても有利に働くと思います」

「そうだな。それに五鬼童家の沙羅もいるからな」

沙羅がランクに太鼓判を捺したので、ほかの効果もあると一樹は指摘した。

未だに新人といえる一樹の事務所は、ランクと後ろ盾とで二重に守られている。

事務所の守りは、これからも追加される予定だ。なぜなら事務所に所属している沙羅の呪力が、既にＢ級に達している。

絡新婦との戦い後、沙羅には呪力が爆発的に上がるエピソードがあった。

沙羅の失った右手と左足を再生させる際、絶対に失敗したくなかった一樹が、裁定者に追加させた神気を削り取り、沙羅に投与したのだ。

削り与えた神気の量は、一樹にとっては全体の一パーセントほどにすぎない。

だが沙羅にとっては、元々持っていた気の二倍以上だった。

それが右手と左足を補ったのみならず、繋がった手足を通じて、鬼神の血を引く沙羅の身体に馴染んだ。結果として沙羅の呪力は、Ｂ級下位に上がっている。

すなわち一樹の事務所には、いずれ二人目のB級陰陽師が誕生する予定だ。

資格を問わないのであれば、既に一樹の事務所には、蒼依と沙羅を合わせて実質的にB級三人が在籍している。

統括陰陽師も目を見張って驚く一樹の事務所が、活動再開後に受ける最初の依頼。

それは陰陽師協会経由で持ち掛けられた、ほかの陰陽師からの共同調伏《ちょうぶく》だった。

しかも、別々の場所に発生している二件の問題への同時依頼である。

「事務所を立ち上げて最初の依頼が、安倍晴也かぁ」

「まだ事務所の連絡先を作っていませんから、YouTuboでの呼び掛けか、主様個人のスマホか、陰陽師協会を経由しなければ、依頼自体が出来ませんし」

開所前から手伝ってきた蒼依が、そもそも一樹に依頼できない問題を指摘した。


一樹が陰陽師として正式に仕事の依頼を受けたのは、過去に三度だけだ。

一度目は、YouTuboの配信中にコメントで行われた打診に応じての依頼。

二度目と三度目は、陰陽師国家試験で知り合った沙羅からスマホで受けた依頼。

現役中学生で、事務所も未設立だった立場に鑑みれば、やむを得ない話であったが。

四度目となる依頼は、同じ陰陽師が陰陽師協会を経由したことで成立した。

「安倍晴也さんは、一樹さんと陰陽師国家試験で対戦しましたよね」

当時の対戦を観戦していた沙羅が、試験内容を振り返った。

「そうだ。一学年上で、鷹の式神を使っていた相手だ」

昨年の陰陽師国家試験では、七四八二名が二次試験に挑み、五五八名が二次試験に合格した。

そのうち下位の四五八名は、自動的にF級陰陽師となった。

そして上位一〇〇名が三次試験に挑み、対戦試合で負けた五〇名がE級陰陽師、勝った五〇名がD級陰陽師に認定されている。

三次試験は、受験生同士の対戦だった。

もちろん「一位と二位が対戦して、片方がE級になる」といった事態は、起こらない。

二次試験の成績で一番上と一番下から、一位と一〇〇位、二位と九九位、三位と九八位の組み合わせで割り振られていた。

一位と一〇〇位が対戦すれば一位が勝ち、二位と九九位が対戦すれば二位が勝つ。

その条件で一位が負けるのであれば、一位は一つ下の等級で研修したほうが良いし、一〇〇位が勝つのであれば一つ上の等級で開始させても良い。

そのような判断の下に、一位の一樹と一〇〇位の晴也が対戦を組み込まれた。

結果は順当に一樹の勝利で、敗北した晴也はE級陰陽師となった。

だが陰陽師協会を経由した共同調伏の依頼では、晴也がD級陰陽師だと記されていた。

晴也は、対戦試合から約半年でD級に昇格しており、かなり頑張ったらしい。

「半年でE級からD級に昇格したのでしたら、優秀ですね」

沙羅の評価は、新人がランクを上げるのが難しいからだ。

未成年で実績も皆無の陰陽師には、ランクが上がるほどの危険な仕事は回されない。

なぜなら未成年の新人陰陽師が大怪我を負って、引退や殉職《じゅんしょく》に追い込まれれば、依頼主にも世間から厳しい目が向けられるからだ。

同じ等級の新人とベテランが居るならば、普通は経験が豊富なベテランに依頼する。

依頼主の立場から見れば、整備士に車検を頼むにも、大工に仕事を頼むのにも、新人よりはベテランのほうが安心できるだろう。

そして呪力不足でD級へ上がれないベテラン陰陽師は、少なからず存在している。

そんな依頼され難い問題を晴也が突破できた方法について、一樹には心当たりがあった。

「安倍晴明の子孫という肩書きがあるから、仕事が回って来たんだろうな」


世の中には、ネームバリューというものもある。

陰陽師国家試験は、無料で生配信されており、あとからアーカイブでも動画を視聴できる。

一位の受験生が行う試合は、トップ層の質を推し量れるために、世間からも注目度が高い。

晴也は一位ではなく、対戦する相手側だったが、少なくとも数百万人に存在を知られた。

それだけ知られれば、数万人に一人くらいは、依頼したいと思っているはずだ。

普通は勝った一樹と比較するが、一樹はエキシビションマッチで五鬼童家にも勝っており、等級が二つも異なるために依頼料が異なる。

単純にベテランと、安倍晴明の子孫である晴也のどちらに依頼を出すかであれば、数百人のうち一割くらいは、『新人であろうとも安倍晴明の子孫であれば』と、仕事を回すだろう。

名前が売れた晴也には、数十件は仕事が来る。

そこからランクが昇格できそうな仕事を選んで受けて、実績を作れば、晴れて昇格である。


「手が空いているし、受けておくか」

少し考える素振りを見せた一樹は、やがて晴也からの要請に応じることを決めた。

二度目の依頼で一〇〇〇万円の報酬を受け取った一樹は、資金難からは解放されている。

当時中学生で、事務所も未設立だった一樹は、名目上は父親の事務所経由で依頼を受けた。

受け取った報酬は、父親の和則が生活を破綻させない意味も込めて折半《せっぱん》しており、税金も取られたが、高校三年間の活動に困らないほどの資金は手に入れた。

——今は困窮《こんきゅう》していないから、ある程度は仕事を選べるけどな。

蒼依の家に居候しているおかげもあるが、一樹はかつてほど困窮しておらず、仕事を選べる立場になった。

そんな一樹だが、同じ陰陽師からの依頼は受けたほうが良いと考えた。

それは陰陽師協会を経由した要請を受けた実績があれば、自分が逆の立場になった場合、同様の協力を期待できるからだ。

「依頼を受ける。二件目は温泉旅館での仕事で、旅館に泊まれる。一件目の仕事で八咫烏《やたがらす》を連れて行って、そのまま二件目にも行くかもしれないから、二人とも一緒に来てくれ」

晴也の依頼を受けることにした一樹は、蒼依と沙羅を誘った。

依頼の概要によれば、一件目は東京、二件目は秋田県となる。

一件目の依頼には八咫烏達が必須だが、移動手段は電車だ。

八咫烏達を電車で連れて行くためには、乗車の際にはキャリーバッグに入れなければならない。

一樹だけでは、五羽分を運べないのだ。

二件目は、秋田県湯沢市で温泉旅館を経営している亭主が出したものだ。

依頼内容は危険が皆無だが、依頼料が安くて、その代わりに依頼中は温泉旅館に無料で泊まれる条件が付いている。

そのため一樹は、高校受験が終了した小旅行を兼ねて、蒼依と沙羅を誘った次第であった。

「準備しますね。何時に出発でしょうか」

「いつでも行けますよ」

蒼依と沙羅は二つ返事で了承して、一樹に付いて来ることになった。

八咫烏達を温泉旅館の中までは連れて行けないが、昨年の八月に巣立ちの時期を迎えて以降、八咫烏達に細かな世話は必要なくなっている。

そのため依頼中は、近くの山に放っておいても大丈夫だ。

一応は式神であり、一樹と呪力で繋がっているので、いつでも呼び戻せる。

普段の五羽も、相川家の納屋を寝床として、大量に用意してある餌《えさ》を勝手に漁り、水場で水を飲み、周辺の山々を気ままに飛び交っている。

八咫烏達が鬼で遊ぶのは習慣となっており、周辺に住む鬼達は、カラスの姿や鳴き声があれば、それが八咫烏であるか否かを問わず隠れるようになった。

市内の人々は、人里付近の鬼が出そうな場所には、案山子《かかし》ならぬ精巧なカラスの模型を配置している。

また録音した八咫烏の声を流し、鬼を追い散らすこともしていた。さらに小中学生には、「登下校中に鬼が出たらカラスのほうに逃げるように」と、指導まで行っている。

おかげで八咫烏達は、周辺地域で守り神扱いされている。

人が居るところに行けば餌も貰えるため、八咫烏達は一樹が放置したところで、一生食べるには困らないだろう。

一樹や蒼依が呼べば来るし、言う事は聞くので、使役状態にはあるが。

新幹線での移動中、一樹はふと思い付き、沙羅の双子の妹である紫苑について尋ねた。

「そう言えば、まだ紫苑は受験期間中なのか」

一樹達は、私立の花咲高校に合格した二月で受験を終えている。

だが公立高校の受験は三月のため、大抵の中学三年生は受験シーズンを終えていない。

問われた沙羅は、首を横に振って否定した。

「いいえ。紫苑は花咲高校にも受かりましたけれど、元々通っていた卿華《きょうか》女学院で、内部進学する予定です」

「卿華女学院だったのか」

紫苑も同じ高校を受けたと聞いた一樹は、二重の驚きで目を見開いた。

驚いた理由の一つ目は、卿華女学院が、一樹の妹である綾華も通う学校だったからだ。

卿華女学院は、由緒正しき家柄や上流階級の令嬢向けに運営されていた中高一貫の学校だ。今では一般人も通えるが、過去のネームバリューで家柄の良い子女が集まっており、お嬢様学校となっている。

一樹の母方である伏原家も、家柄としては悪くない。

――母親の実家は家柄が良いからといって、裕福とは限らないけれど。

女学院の所在地は、京都府にある。

隣県の奈良県が本拠地の五鬼童家であれは、通学は理解できる範囲内だ。

五鬼童家のような、由緒正しい家柄の子女には、相応しい女子校である。

だが花咲高校は、五鬼童の地元からは離れており、生徒の大半が一般人だ。

実家からの通学も不可能で、滑り止めで受けるような高校ではない。

一樹が驚いた理由の二つ目は、紫苑が実家から通学できない花咲高校を受験したことである。

「紫苑も、花咲高校を受けていたのか」

沙羅が一樹と同じ高校に通うのは、報酬の支払いや恩返しのためだ。

それに対して紫苑は、沙羅とは異なり一樹に依頼しておらず、支払いも発生しない。

訝《いぶか》しんだ一樹に対して、沙羅は紫苑の受験理由を説明した。

「紫苑にも受験させて、私が落ちた時は、私が紫苑の名前で通学するつもりでした」

「そ、そうなのか」

堂々と入れ替わりを宣言した沙羅に対して、一樹と蒼依は呆気にとられた。

「成績が一番だった沙羅なら、高校側がテストの取り違えでもしなければ受かっただろうけれど、沙羅が紫苑の名前で登校することになっていたら、紫苑はどうしていたんだ」

「その時には、紫苑が私の名前で公立に転校しました。見た目だけは誤魔化せても、性格が違うので、流石に同級生にはバレますから」

沙羅の発言は無茶だが、おそらく実行したであろう。

そんな展開を想像した一樹は、冷や汗を掻いた。

「頑固そうな紫苑が、よく応じたな」

「紫苑にとっても、一樹さんは命の恩人です。典型的な五鬼童一族の性格で、頑固ですけれど、だからこそ恩人への恩返しとか、相応に納得できる理由であれば応じます」

頑固なのは沙羅も同様だと一樹は思ったが、それに関しては口に出さずに話題を変えた。

「替え玉にならなくて良かったが、C級陰陽師で運動神経も良い紫苑は、女子校でモテそうだな」

「紫苑は中学の時から、人気者でしたよ。だからバレると思ったんです」

「……なるほど」

一卵性双生児の沙羅と紫苑は、髪型を変えれば見間違うほどに外見が瓜二つだ。

ただし性格は真逆で、沙羅が熟慮断行、紫苑が猪突猛進である。

性格とモテ度について一樹が思考を巡らせる間、新幹線は東京都へと走り続けた。

やがて駅で乗り換えた一樹達は、一件目の依頼場所である東京都墨田区に辿り着いた。

◇◇◇◇◇◇

一件目の案件は、東京都墨田区に聳《そび》え立つ六三四メートルの第二電波塔に居着いた妖怪の調伏。

そのため合流地点は、電波塔を遠望できる区立の隅田公園となった。

晴也と合流した一樹は、軽く近況を問う。

「期末テストは、もう終わったのですか」

「うちは二月中旬や。それで依頼を片付けているんやけど、これまた難儀な依頼でな」

久しぶりに会った晴也は、試験の時に比べて方言が強くなっていた。

そちらに関して一樹は、全国に生配信されていた試験の時に晴也が標準語を使っていただけで、本来の話し言葉は方言が強いのだろうと理解した。

全国で仕事をする陰陽師は、標準語で話したほうが良い。

だが今回の場合、一樹に対する晴也は依頼人の立場であって、意識して標準語を使おうとはしていないのだろう。

対する一樹は丁寧語であったが、それは一樹にとって、晴也が依頼人であるためだ。

今回の仕事は、晴也に依頼を出した大元の依頼人が存在する。

だが一樹が受けたのは、あくまで晴也の依頼だ。

それは大元の依頼人が青森県であった絡新婦の調伏において、一樹が沙羅の依頼で参加したようなものである。

依頼人は晴也だと認識する一樹は、自身の依頼人に対して、仕事の詳細を尋ねた。

「先に頂いた資料では、東京都の東京天空櫓《やぐら》に発生した怪鳥調伏と、秋田県の氷柱女《つららおんな》への対応だと拝見しましたが、それでよろしいでしょうか」

「せや。優先順位が高いのは、東京天空櫓の屋上に棲み着いた大鳶《おおとんび》の霊鬼になるけどな」

「それは、そうなるでしょうね」

晴也の断言に、一樹は疑う余地もなく賛同した。

電波塔とは、テレビやラジオなどの電波を送信するために、建設された塔のことである。

東京都では、長らく東都タワーが電波塔としての役割を果たしていた。

だが都心に林立する超高層ビルの影になる部分に、電波が届き難くなるなどの問題が生じたことから、新しい電波塔の建設が求められた。

そこで墨田区に、第二電波塔が建てられたのである。

東京天空櫓の名称は、一八三一年頃に浮世絵師の歌川国芳が描いた『東都三ツ股の図』にあった櫓が、現在の電波塔に位置と姿形が似ていたことから命名された。

東都タワーの運用開始が一九五九年、東京天空櫓に切り替えられたのが五三年後の二〇一二年。

そのため東京天空櫓は、二〇六五年までの運用が期待されるだろうか。

そんな東京天空櫓の屋上に怪鳥が居着いたことで、運用に支障を来した。

期待されていた運用年数には遠く及ばず、東都タワーは電波が届き難くなっており、第三電波塔も建っていないために、妖怪が居着いたのであれば調伏するしかないのだ。


東京天空櫓に居着いた怪鳥は、片翼が二間（三・六メートル）ある鳶で、雷雨を発生させた。

タカ目タカ科である鳶は、一般的なサイズでは両翼を広げた端から端までの長さが、一五〇から一六〇センチメートルほどだ。

そして当然ながら、雷雨なども発生させない。

居着いた妖怪は、明らかな特徴を持っており、それが古い文献の妖怪と一致した。

それは千葉県の印旛《いんば》郡役所が、大正二年に作成した『千葉県印旛郡誌』に記されていた怪鳥だ。

文献に記されていた妖怪は、室町時代頃、千葉県成田市（旧・南羽鳥村）に現れた記録がある。

それは同じサイズの翼を持つ鳶で、子供を中心に人々を襲っていたという。

そのため村人に頼まれた神社の神主が、退治を試みた。

だが負傷してしまい、神主の息子が引き継ぎ、子供であった娘を囮《おとり》に誘き寄せるなど試行錯誤の末、ようやく退治に成功した。

そして退治した怪鳥の死骸は埋めたが、怪鳥は霊鬼となり、雷雨を発生させるなどして祟《たた》った。

そこで祟りを鎮めるための神楽《かぐら》が捧げられたのだが、霊体を調伏した記録は無い。

陰陽師協会は、『怪鳥が東京天空櫓を見出して、千葉県から移り棲んだ』と見なしている。


「室町時代の妖怪だと、誰にも責任は負わせられないですね」

東京天空櫓の上空を舞う小さな黒い影を眺めながら、一樹は千葉県側を弁護した。

これが最近調伏した妖怪であれば、調伏を依頼した自治体や請け負った陰陽師に対して、電波塔の管理会社は責任を問えるだろう。

だが室町時代に退治された妖怪で、地元の有志が祟りを鎮める神楽を舞っていたのであれば、地元の人々には何の責任もない。

むしろ『せっかく抑えてきた鳶の霊が、お前達が見えるように建設した超高層タワーのせいで、飛んで行ってしまったのだ』と言われてしまう。不可抗力だが、それは確かに事実だ。

そのため今回の妖怪は、電波塔の管理会社が対応しなければならない。

庭に蜂が巣を作ってしまい、地権者が対応せざるを得ないのと同じ扱いだ。

もっとも妖怪保険も存在しており、電波塔の管理会社であれば確実に加入して居るであろうから、持ち出しの支出は無いだろうが。

「普通なら、東京都の陰陽師を召集して解決や。せやけど東京天空櫓は、超高層。しかも大鳶の霊鬼は霊体で、物理攻撃が効かへん」

「それは確かに、厄介ですね」

六三四メートルは、タワーの高さとしては世界一で、殆《ほとん》ど垂直に聳え立っている。

その天辺で、雷雨を発生させる鳥の妖怪と戦闘するなど、正気の沙汰ではない。

飛び上がられれば攻撃が届かないし、怪鳥に水や風で反撃されれば真っ逆さまだ。雷を落とされれば電波も乱れ、電波塔の機械が故障する可能性もある。

都内のテレビやラジオ放送に支障を来して、その責任を追及されては堪らない。

ほとんどの陰陽師が、自分の手には負えないと考えて、依頼を断るだろう。

空の依頼が得意な五鬼童家も、奈良県の統括陰陽師でもある沙羅の父親が療養中であるために、受ける仕事を制限している。

だからといって自衛隊が狙撃しようにも、霊体に物理攻撃は通じない。

「せやから、うちに仕事が来たわけや」

説明を受けた一樹は、二重に納得した。

一つは、晴也に依頼が出された理由。

それは晴也が、霊体である鷹の式神使いであるからだ。鷹の式神は飛べるのだから、わざわざ電波塔に登る必要はないし、霊体同士であれば干渉できる。

もう一つは、一樹が応援を求められた理由。

それは一樹が、八咫烏を使役しているからだ。八咫烏達は、対戦試合で晴也の鷹を追い散らしており、霊的な干渉が可能で晴也の鷹よりも強い。

「こっちの仕事は、もう一つの依頼中に、ねじ込まれたんや。早う、解決したいわ」

通常であれば、最初に受けた仕事が優先されるべきだ。

だが首都圏のテレビ放送やラジオ放送の電波を担い、タワーとして世界一の高さでもある東京天空櫓であれば、地位と権力を併せ持つ人々が「早く何とかしろ」と急き立てるであろうことは、容易に想像できる。

慣用句に『船頭多くして船山に上る』とあるとおり、口を出す人間が多いほど収拾がつかなくなる。

電波塔であれば、管理会社のほかに、全国区の主要なテレビ局各社、ラジオ放送局、所管する総務省なども口を出してくるはずだ。

それで済めば良いが、電波塔に出資している企業や東京都も言いたいことがあるかもしれない。都議会議員らが、自らの知名度向上などを企図して口を出してくる可能性もある。

晴也が早々に解決したくなって一樹を呼んだのも、無理からぬ話であろう。

「まあ、東京都のシンボルタワーですからね」

一樹は内心で「ご愁傷様です」と理解を示しつつ、自身が連絡先を公開していなくて良かったと胸をなで下ろした。

鳶が高所に営巣するのは、地上の生き物に襲われないための習性だ。

鳶の習性を考えれば、大鳶の霊鬼が東京天空櫓に営巣したのは、何ら不可思議な行動ではない。

身体が大きい分、ねぐらも高い場所に選んだのだと考えられる。

そして鳶には、ナワバリを持つ習性もある。

日本でよく見られる光景はカラスとの縄張り争いだが、同じタカやワシとも縄張り争いを行い、自分よりも大型であるオジロワシに向かっていくこともある。

競合相手ではない人間には向かってこないが、同じタカ科が近付けば、追い出そうとする。

そのため晴也のタカを見せつけて、大鳶を東京天空櫓から引き離す作戦が採られた。


「賀茂のカラスで引っ張れば、ええんちゃうか？」

「うちの八咫烏達だと逆に逃げて、こちらが去った後に戻ってくるかもしれませんので」

陰陽師同士が協力する共同依頼であるが、晴也は一樹の依頼人にあたる。

そのため一樹だけで対応するに吝《やぶさ》かではないが、肝心の大鳶に逃げ出されては意味がない。

八咫烏とは、かつて高御産巣日神《たかみむすびのかみ》ないし天照大神《あまてらすおおみかみ》が派遣して、神武天皇を導いた神使だ。

地上でカラスと交わって神性は落ちたが、一樹が使役している八咫烏達は神気で卵から孵《かえ》して、育成時も充分な神気を与えて続けてきたために、強い神気を宿している。

一羽ですら中鬼を一〇匹まとめて蹴散らせるレベルの強さを持っており、野生の大鳶が力関係を見切って、逃げ出すおそれもある。

対する晴也の大鷹は、数百年も存在する霊だが、元は普通の鷹だ。

今回調伏する大鳶の霊鬼は、室町時代に霊体化した怪鳥で、大鷹よりも古くて、身体も大きい。

大鳶の霊鬼にとって格下である晴也の大鷹を見たところで、逃げ出すなど有り得ない。

「しゃあないか」

一樹の言葉に理があると納得したのであろう。

頷いた晴也は、自らの影から大鷹を喚び出した。

「ピィイーッ、ピィイィーッ」

昨年の夏以来の懐かしい鳴き声と共に、大鷹の式神が翼をはためかせながら飛び出してきた。

素早く晴也の手に飛び乗った大鷹は、凜々しい表情を見せる。

——霊体の鷹は、便利で良いな。

一樹が使役している八咫烏達は生きているため、電車で移動する際にはキャリーバッグに入れなければならず、餌や寝床なども考えなければならない。二件目の依頼は旅館であるため、旅館内に同行もさせられない。

それに対して晴也の大鷹は、餌が晴也の呪力であるほかには、まったく制約がない。

霊体であるから、餌が不要で、糞も落とさず、臭いもなくて、旅館も拒否しないだろう。

旅館に限らず、電車内や、飛行機の機内ですら自由に持ち込める。

だからといって一樹は、生きている八咫烏達を意図的に霊体にしようなどとは思っていないが。

「ええか、ちょっと飛んでいって、あの大鳶の霊鬼を釣ってきてくれや」

「ピッピッピッ」

呪力で繋がる式神の大鷹は、使役者である晴也の意思を理解したようだった。

翼を羽ばたかせると、晴也の手から飛び立って、東京の大空に舞い上がっていく。

次いで一樹は、八咫烏達を出させた。

「蒼依、沙羅、八咫烏達を出してくれ」

「分かりました」

キャリーバッグが開かれると、連れて来た八咫烏達が五羽、ピョンピョンと暢気《のんき》に出てきた。

まるで緊張感を持たずリラックスしているのは、元々の性格が不貞不貞しいからである。そのような不貞不貞しさがなければ、どうして小鬼で遊ぶだろうか。


木行の青龍は、鬼を捕まえて、ほかの妖怪に投げて試す性格。

火行の朱雀は、小鬼を振り回して、空から落として遊ぶ性格。

金行の白虎は、鬼を鬼ごっこの相手役にして、追い回す性格。

水行の玄武は、川に流して、水流を変えて様子を眺める性格。

土行の黄竜は、鬼を土に埋めて、抜け出せるのかを見る性格。


それぞれが五行の術を使い、遊びの中で術を鍛えている。

それに鬼を狩れば、人々の安全性も向上する。

そのため遊んでいるからと言って止めさせたりはできない。

そんな五羽だが、一樹や蒼依を含めた集団を群れと認識しており、戦闘では五羽と一樹や蒼依で

連携できる。

昨年のエキシビションマッチでは紫苑を群れで追い回したが、当時に比べて連携も成長した。

「お前達、お仕事の時間だぞ」

一樹は東京天空櫓の天辺を指さしながら、八咫烏達に指示を出した。

「大鳶の霊鬼が、遊び相手だ。この人の式神が、あの妖怪を連れてくる。近くに来たら、遊んであげろ。小鬼のように、ちゃんと倒せよ」

「「「「クワッ！」」」」

一樹の遊べとは、攻撃しろと同義である。

育ての母である蒼依のほうも見た八咫烏達は、蒼依からも攻撃を肯定されていることを理解し、勢い勇むように翼をはためかせた。

やる気に満ちた八咫烏達に対して、一樹は念のために指示を加える。

「この人の式神は、遊び相手ではありません。そっちは襲わないように」

「「「「…………カァッ⁇」」」」

返事に間を置いたのは、八咫烏達が本当に駄目なのかを測る試し行動である。

一樹は呪力を介して、指示の対象である晴也の大鷹のイメージを送りながら、絶対に攻撃を禁じる明確な意思を伝えた。

『絶対に攻撃してはならない。むしろ守れ』

使役者から式神に流される呪力が、八咫烏達の行動に制約を掛けた。

さらに一樹は、言葉でも言い聞かせる。

「今回この人は、ご飯をくれる人だ。攻撃したら、ご飯が無くなる」

「「「「カァァ」」」」

分かったらしき八咫烏達が返事をしたので、一樹は作戦行動を指示した。

「その分だけ、大鳶の霊鬼と遊んでもらえ。よし、行け！」

すでに空には「ピーヒョロロロロ」と、鳶の鳴き声が響いている。

晴也の大鷹が見つかったのだと判断した一樹は、囮に食い付くことを確信して、後続の八咫烏達を嗾《けしか》けた。

「「「「カァカァカァカァカァッ」」」」

バサバサと羽ばたき始めた八咫烏達は、隅田公園から続々と舞い上がっていった。

それは陰陽師から見れば、呪力の嵐を吹き散らして飛び上がる、ロケットのような上昇だった。

カエルが跳ね飛んだかのような異常な飛び上がり方で、グングンと上昇していった八咫烏達は、大鷹を見つけて急降下を始めていた大鳶の霊鬼に迫っていく。

それを見た晴也は、大鳶の霊鬼と八咫烏達との中間点に位置する自身の式神に指示した。

『避けろや！』

「ピイィィーーッ」

大鷹が翼を広げて急旋回し、降下する大鳶の霊鬼と、上昇する八咫烏達の進路上から脱した。

それを追おうとする素振りを見せた大鳶の霊鬼に対して、八咫烏達の一羽がいきなり仕掛けた。

それは研ぎ澄まされた、一条の赤い閃光だった。

呪力で生み出され、矢の形状を模した火行の術が、真っ直ぐに空へと伸びていく。

すでに移動していた霊鬼の背後には、東京天空櫓は立っていない。そして籠められた呪力と術は、晴也の大鷹や中鬼であれば焼き殺せるほどであった。

下からの攻撃を知覚した霊鬼は、巨大な両翼を目一杯に広げると、身体を一気に傾けて、晴也の大鷹に劣らぬほどの急旋回をした。

咄嗟《とっさ》の急旋回によって、赤い矢が目標を外れて突き抜けていったが、それは八咫烏達にとって何ら問題とはならなかった。

一樹に使役されている八咫烏達は、一樹から呪力の供給を受けている。

今と同じ攻撃を一〇〇〇回繰り返してすら、一樹の呪力には余裕がある。

今度は五羽が、同時に光を迸《ほとばし》らせた。

青、赤、白、黒、黄。

木行、火行、金行、水行、土行の力で生み出された術の輝きが、それぞれの矢と化して、霊鬼に向かって一斉に撃ち出された。

「無茶苦茶や！」

そのようにD級陰陽師である晴也が評価する攻撃が襲い掛かり、全弾は避けがたかった霊鬼の羽を掠《かす》めた。

「ピーヒョロロロロ」

まるで降参するかのように、霊鬼は背を向けて離脱を始める。

直後、一樹は呪力の繋がる五羽に命じた。

『逃がすな。追え！』

『『『『『クワァッ』』』』』

世の中には、逃げる霊鬼にトドメを刺すのは残酷だという者も居るかもしれない。

だが霊鬼は、倒される以前は人間の子供を襲い喰っている。

次の子供が襲われたとき、トドメを刺すのを止めさせた人間は、責任を取れるだろうか。答えは単純明快で、どのように償っても、殺された子供に対して責任は取れない。

妖怪が人間を捕食するのは自然の摂理で、そもそも恨む筋合いではないかもしれない。であればこそ、食べられる側の人間が、対抗して妖怪を倒すのも、自然の摂理であろう。

そして妖怪を調伏するのが、陰陽師である一樹の仕事となる。

「「「「「カァカァカァカァカァッ」」」」」

左右に広がった五羽が、さらに術で下からの攻撃を仕掛けた。

上に向かって撃ち出す術は、目標を外しても被害を出さない。

容赦のない閃光が霊鬼の背中に突き立てられ、攻撃を浴びた霊鬼は仰け反って、速度を落とす。

そこへ新たな呪力の弾丸が突き立てられて、霊鬼は空中で弾き飛ばされた。

その間に近距離に近付いた八咫烏達は、威力を落とす代わりに数を増やした矢雨を作り、霊鬼の全身に浴びせ掛けた。

「意外にしぶとい」

八咫烏達は自分達が傷つかないように、安全性を優先しながら戦っている。

そのため相打ち覚悟の全力での大打撃などは一切なく、削るような形になっているが、攻撃に耐えている時点で霊鬼の力も小さくはない。

八咫烏達はC級上位が五羽だが、霊鬼もC級中位から上位はあるのだろうと一樹は考えた。

もっとも両陣営は五対一であり、一樹の呪力供給という名の弾薬補充も行われている。

右側から赤い矢が突き立てられた霊鬼が左に弾かれると、今度は左側から白い矢を叩き付けられて右に弾かれた。動きが落ちた霊鬼に向かって、今度は三方向から、三色の矢が叩き付けられる。

それが何度か続き、やがて霊鬼が力尽きて、墜落を始めた。

そこでようやく八咫烏達が、三本足で霊鬼の身体を掴み、一樹のほうへと滑空を始めた。

霊体である霊鬼は最初から死んでいるが、滅んではいない。

滅ぼす前段階で捕縛しておき、大元の依頼人を呼んで目の前で消滅させるのが、一目瞭然だろうかと一樹は考えた。

――都内上空での空戦だから、ネットには大量の動画が投稿されているだろうけど。

隅田公園の中ですら、一樹と晴也を撮影する人だかりができている。

山のような証拠と目撃証言があって、倒したと言えば疑われる余地はないが、トドメを刺す前に呼んでおけば話を通しやすい。

そして大元の依頼人を思い浮かべたところで、一体何人を呼べば良いのかと、絶望に駆られたのであった。

第二話　戸籍を持つ氷柱女

東京天空櫓に居着いた霊鬼を調伏した翌々日。

蒼依と沙羅に頼んで、前日に八咫烏達を家に返してもらった一樹は、二人と再合流して新幹線で秋田県へと向かった。

――事後処理で、丸一日かかるとは思わなかった。

一件目の依頼では、妖怪を倒すよりも、事後処理に多くの時間を取られた。

そもそも東京天空櫓に居着いた大鳶の調伏は、関係各所に周知のうえで実施されたものだ。

妖怪を確認した管理会社が関係各所に報告して、陰陽師による対応が不可欠と結論付けられて、許可を得て調伏の依頼が行われている。

そのため手続きや根回しは、きちんと済んでいた。

そもそも陰陽師が妖怪を調伏することは、法的にも認められている。

その上で都内上空での空戦の許可も得ており、各所にとっては寝耳に水ではなかった。

それにもかかわらず、なぜか翌日にまで関係各所への報告や挨拶という名の事後処理があって、一樹は晴也に付き合わされたのだ。

管理会社の依頼を受諾したのは、紛れもなく晴也だ。

だが、実際に倒した陰陽師が一樹であったために、晴也に丸投げが出来なかった。

説明の部分では、主に一樹が行っており、異なる相手に同様の説明を何度も繰り返させられた。

相手の立場があるために、報告書だけ回すわけにいかないとのことである。

――陰陽師として、こういう事もあるという経験にはなったか。

関係者が多すぎる依頼を受けたことがなかった一樹は、貴重な経験を積んだと思うことで、自身を納得させるしかなかった。

流石に蒼依と沙羅までは報告に付き合わされなかったので、八咫烏達だけは家に返せている。

報告が終わった一樹達は、ようやく解放されて、二件目の依頼に取り掛かれた。


「二件目は、秋田県の温泉旅館から出された仕事で、氷柱女に関する問題の解決や」

晴也が語った氷柱女とは、氷柱が出来ると現れる妖怪だ。

氷柱が解けると消えるため、真冬でなければ存在できないとされる。

秋田県で伝えられる氷柱女は、大まかに次のとおりだ。

移動手段が発達していなかった昔、吹雪の晩に若い女が訪ねてきて、「吹雪に遭ったので一晩泊めてくれませんか」と頼んできた。

家の者は女を泊めたが、翌日にも吹雪は止まず、宿泊を継続させた。

そのうち家の者が風呂を勧める。

女は拒んだが、家の者が強引に押し切ると、女は悲しそうな顔をして風呂に入り、そのまま風呂場から出てこなくなった。

やがて心配した家の者が風呂場を見に行くと、風呂に女の櫛《くし》だけが浮いていた。

ほかにも東北地方や新潟県で、櫛の代わりに氷の欠片が浮いていただとか、風呂場の天井に氷柱が下がっていた話もある。

実際に解けてしまったのか、それとも家の者に対する抗議の意味を込めて、解けた振りをして去ったのかは分からない。


ここまでは、基本的に無害な氷柱女だ。

人を害する氷柱女としては、次のような話もある。

雪国に住む男が結婚したが、春になると妻が居なくなってしまった。

そのためほかの女と再婚したが、冬になると最初に結婚した妻が現れて、再婚を知ると男を殺してしまったという。

しっかりと事情を伝えずに居なくなった氷柱女が悪い気がしなくもないが、妻との信頼関係を築けずに、妻が行方不明になると直ぐにほかの女と再婚した夫も、全く悪くないとは言えない。

一樹は不意に蒼依へ視線を送り、依頼人の晴也に向き直った。

いずれにせよ氷柱女は、無差別の攻撃は行っておらず、それほど危険な妖怪には分類されない。

脅威度は、むしろ人間のほうが高いくらいだ。

したがって氷柱女は、共存可能な妖怪だと分類される。

過去に行われた基準選定で、氷柱女の美しい容姿が考慮されなかったとは言えないが。

「今回の依頼は、その氷柱女や。三人おって、二人には日本国籍もある」

日本国籍があれば、日本人と認められる。

すなわち妖怪であろうとも、日本の法律で保護されている。

正当な権利を有する妖怪を倒すと、それが陰陽師であろうとも取り調べを受けて、不当であれば犯罪と見なされる場合もある。

もちろん陰陽師協会を経由した晴也の依頼は、日本の法律に反する行為ではない。

「依頼主は、秋田県の湯沢市で温泉旅館を経営している人や。奥さんが氷柱女で、娘さん二人が人間と氷柱女との半妖で、救命が仕事になる」

救命するのは、単純に倒すよりも難易度が高いかもしれない。

やがて新幹線からタクシーに乗り換えた一樹達は、湯沢市にある温泉旅館に辿り着いた。


依頼人の旅館は、最大で八〇室五〇〇名の収容人数を持つ、地元で大手の老舗旅館だ。

料金設定に見合う立地、立派な設備、充実したアメニティー、質の良い温泉、見事な料理が揃う。

宴会場は団体客にも対応しており、喫茶店や土産物コーナーもあって、老舗旅館に求められる機能は十全に満たしていた。

晴也に案内された一樹は、旅館の一室で依頼人の亭主、妻である氷柱女、そして人間と氷柱女との半妖である娘二人と会った。

「B級陰陽師の賀茂一樹です。この度は、安倍陰陽師の補助で来ました」

「助手の相川です」

「C級陰陽師の五鬼童です」

一樹達が挨拶すると、顔に大きなシワのある総白髪の亭主は、ゆっくりとした動作で頷いた。

「私が依頼を出した佐々木だ。よろしく頼む」

外見年齢が七〇歳ほどの亭主は、実年齢では四五歳だそうである。

亭主が老け込んだ理由は、妻である氷柱女が人の気を吸うからだ。

――妖怪に取り憑かれて、生気を吸い取られた人間の典型的な例だな。

そのように認識した一樹自身も、山姫の蒼依に気を渡している。

一樹の場合は、莫大な気を持つので、何ら問題ない。

だが亭主の佐々木は一般人であり、気が足りない分だけ、生命力や寿命を削ってしまう。

しかも半妖の娘も二人生まれて、そちらにも気を送らざるを得なくなった。


妖怪が他人から生気を吸って傷つければ、それは犯罪だ。

人間側が身を守るのは当然であり、反撃して倒しても正当防衛だと見なされる。

だが夫婦であれば、配偶者から気を得る事は、罪として問われない。そもそも結婚した時点で、常識的には同意があったと見なされる。

未成年の娘達に関しても、父親から生気を得ても問題ないだろう。

父親と母親で作ったのだから、保護者である父親が何とかすべき問題だ。

だが実際に生活していく中で、亭主は負担に耐え切れなくなった。

地元の陰陽師に、特別な気を籠めた呪符を卸《おろ》してもらっていたが、昨年の夏頃に引退されて入手できなくなった。

そこで長女の同級生達が、協力して解決策を考えた。

彼ら彼女らは、昨年の陰陽師国家試験で三次に進んだ一〇〇名の所属を調べた。

同じ高校一年生の所在地をピックアップすると、同学年の塾や習い事、果てはＳＮＳなどで伝手《つて》を辿り、やがて晴也に辿り着いて助力を依頼した。

なぜ陰陽師協会ではなく、同級生の伝手を使ったのか。

それは本格活動前の同じ高校生であれば、知り合いからお願いすれば依頼料が安くなるからだ。

端的な例は、一樹による鉄鼠退治だ。

三〇〇万円で行ったが、本来であれば二〇億円は取るべき仕事だった。

復活するのかは様子を見なければ分からないとされたが、もしも完全調伏が出来たのであれば、二〇億円では済まないだろう。

YouTuborが陰陽師を雇って、勝手にノリと勢いで乗り込み、九三〇年振りに比叡山を解放してしまったのだから、管轄する滋賀県もビックリ仰天したはずだ。

延暦寺のある滋賀県議会と大津市議会が、予定していた対策予算を引っ繰り返されて呆然としている様が、一樹には容易に目に浮かぶ。

そんなふうに、何らかの伝手で陰陽師を引き込めば、価格を大幅に下げられる。

流石に無料にはならないので、今回の依頼人は父親である旅館の亭主になっているが。

そして晴也は、同世代の者達が用意した罠に、見事に引っ掛かった。

具体的には、長女である夕氷《ゆうひ》に魅了されてしまったのだ。

色々と画策した同級生達が、夕氷の色香で晴也を惑わせる意図まで持っていた可能性について、一樹は充分に有り得ると思っている。


色香に釣られた晴也が本気を出した結果、陰陽師協会の県支部と、上級陰陽師の一樹まで動かされて、現在に至っている。

流石に東京天空櫓の件では、横から割り込まれて優先順位を変えられてしまったが、それは極めて例外的な話だ。

一樹は、『協会を経由した、ほかの陰陽師との協力実績』を作っておきたい。

そのため、晴也がアホな事実は割り切って尋ねた。

「奥さんが氷柱女であることは、一緒になる前から分かっておられましたか」

「勿論だ。妻は、風呂に入れない。うちは温泉旅館だ。そんなことは直ぐに分かる」

理由を説明された一樹は、大いに納得した。

――旅館の女将で温泉に入らないとか、おかしすぎるよな。

氷柱女の伝承では「風呂に入って解けた」と伝わるが、流石に現実では異なるらしい。

「妖怪は気を吸いますが、ご亭主は、それを分かって一緒になられたのですね」

一樹は陰陽師として、亭主が妖怪被害に遭っていないことを確認した。

脅されたのであれば、対応を考え直さなければならない。

そのために、亭主と氷柱女との馴れ初めを尋ねたところ、少し悩んだ亭主は、やがて答えた。

「あの頃は、若かった」

亭主は説明を端折ったが、それでも一樹には理由が察せられた。

――晴也のように、氷柱女の色香に負けたのか。

つまり亭主も、アホである。

だが一部の妖怪が美しいのは、人を惑わして気を吸うためである。

話し合いに同席している氷柱女は、その典型的な例の一つだろう。

充分な気を吸えずに弱っている今ですら、氷の結晶のようにきめ細やかな肌をしており、髪は絹糸を束ねたように滑らかで美しい。

そして儚げで、庇護欲をそそらせる。

そんな氷柱女の若い頃を彷彿《ほうふつ》とさせるのが、半妖の娘達だ。

姉の夕氷は、一樹達の一学年上で、晴也とは同学年。

北欧系美女を思わせる、氷の彫刻のように美しく整った顔立ち。

淡い銀髪と白い肌には、ぷっくりとした薄桜色の唇が映える。

体形はスリムで、凜とすました表情をしているが、弱さも垣間見える。

妹の氷菜《ひな》は、一樹の一学年下。

黒髪の純和風少女であり、一四歳くらいの芸妓が髪を下ろして、自然なあどけなさを出した印象だ。洋服より着物が似合いそうな顔立ちと体形で、日本人らしい外見を体現している。


二人のうち夕氷によって、晴也は完全に魅了されている。

だからこそ晴也は現状を解決したくて、一樹まで呼んだのだろう。

晴也が陰陽師として経験不足であろうとも、中級陰陽師ですら魅入らせる氷柱女であればこそ、当時の亭主が色香に負けたのも無理からぬ話だった。


一樹は伝承と眼前の氷柱女との差異について、亭主に確認した。

「氷柱女は、本体の氷柱が解けると消えますよね。娘さんが生まれるまで、どうやって奥さんは現世に留まったのですか」

「本体の氷柱を業務用冷凍庫に入れて保護した。うちには大きいのがある」

「業務用……冷凍庫……」

素人が編み出した強引な解決方法に、一樹は茫然自失とした。

氷柱女を業務用冷凍庫に入れた男は、亭主が世界初ではないだろうか。

陰陽師であれば、陣を作って霊気を高め、身体を保つ手段を考えたはずだ。

まさか業務用冷凍庫で解決させるとは、一樹も想像していなかった。


一樹が二の句を継げられずにいると、蒼依が質問を挟んだ。

「わたしもお聞きしたいのですが、娘さん達の出生届は、どのようにされたのですか」

日本が戸籍や住民票を与えるのは、人間に益のある一部の妖怪に限られる。

人間に益があると認められるのは、五鬼童のように人を襲うほかの妖怪を排除してくれる妖怪などであって、逆に襲う山姥《やまんば》は対象とされない。

人の気を吸う氷柱女も、難しいはずである。

はたして亭主は、手法を説明した。

「家庭裁判所にDNA鑑定の結果を出して、実子と認めてもらったな」

業務用冷凍庫に氷柱女を入れた時のように、亭主は軽く答えた。

——それで半妖が戸籍を持てたのか。

無茶苦茶な亭主に対して、一樹は頭の中が真っ白になった。

だが亭主の手順は、正しい過程を踏まえている。

DNA鑑定の結果を裁判所に持ち込めば、裁判所は実子と認めざるを得ない。

なぜなら、DNA鑑定の結果を否定する場合、これまで日本の裁判所が証拠採用してきたDNA鑑定の結果を全て否定することになるからだ。

そして裁判所が認めれば、父親には親権が与えられるし、娘達には日本の戸籍が与えられる。

結果として娘達は、半妖でありながら戸籍を得られた。

「そんな方法があるのですね」

感心する蒼依に対して、当時を振り返った亭主は静かに微笑んだ。

今は生気の薄い亭主も、かつては相当な情熱家であったらしい。

蒼依に続いて、沙羅もC級陰陽師として疑問を呈した。

「夏のプールや炎天下のグラウンドは、どうしていらっしゃるのですか」

学校には、炎天下で行うイベントが沢山ある。

体育の授業、運動部の部活動、運動会、マラソン大会、修学旅行、野球部の応援など。

半妖とは、人間の血を半分引く妖怪であり、純血の氷柱女のように解けて消えたりはしないが、だからといって無事でも済まないだろう。

姉妹は顔を見合わせた後、先に姉から答えた。

「昔、プールに足を入れたら、皮膚が腫れてボロボロになったわ。それで陰陽師が気を籠めた御札で治してもらったけれど、それ以来は入っていないわ」

語った姉が妹に視線を投げると、妹も答えた。

「水風呂と、冬の海には、入れます。外の気温も二〇度以下で、一〇月から五月くらいまでなら、外出できます。六月から九月までの四ヵ月間は、気温が低い朝夕に登下校します」

「全然、大丈夫ではありませんね」

暑い季節や時間帯に活動すると、プールに足を入れた時のように皮膚が腫れて、全身がボロボロになるのだろう。

綺麗な氷柱女が、ゾンビのような姿になる光景を想像した沙羅は、全然大丈夫ではないと冷静に結論を出した。

「逆に冬だと絶好調というか、吹雪の晩なら無敵？」

「絶好調ですか？」

妹が疑問符を付けながら答えると、姉も首肯した。

「お母さんだったら、死にかけていても、一晩で完全復活するわね」

「それは無敵ですね」

母親である氷柱女の妖怪としての格は、高いらしい。

人を無差別に襲わない氷柱女の強さは不明瞭だが、死にかけた状態から一晩で完全復活するような妖怪は、滅多に居ない。

攻撃力ではなく、特殊能力が振り切れているのだと考えても、大鬼並のＢ級はあるだろう。

――呪力が一般人の亭主が氷柱女を養えたのは、氷柱女側の能力が高かったからかな。

氷柱女の格を理解した一樹は、娘達の力も準じて高いのだろうと想像した。

「ご亭主、依頼は奥さんと娘さん達が必要とする気について、安定的に得られる手段を講じることでしたか」

一樹が依頼内容を確認すると、亭主は頷いた。

「今までは、秋田県の陰陽大家に、気を籠めた霊符を卸してもらっていた。だが去年の夏にB級陰陽師が二人引退して、買えなくなった。三人とも、気を保つ最後のアテが無くなった」

枯れ木のようにやせ細った亭主が、説明を締め括《くく》った。

一樹達にとっては、物凄く心当たりのある話だった。

◇◇◇◇◇◇

『うちは上級が、あたしだけになったでしょう。だから気を籠める霊符の作成は、即応力が落ちるから出来ないの』

秋田県で唯一の上級陰陽師である春日結月は、従姉妹である沙羅の電話にそう答えた。

日本陰陽師協会は、上級陰陽師七二名を定数としている。

内訳は、A級が八名で、B級が六四名だ。

そして協会は、強力な妖怪の出現に即応出来るように、各都道府県に最低一名のB級陰陽師が居るように調整している。

C級陰陽師の上澄みをB級に上げたりもするが、昨年まで秋田県には、本当の実力を持ったB級陰陽師が三名居た。

沙羅の伯母である春日弥生、春日家の長男である一義、そして長女の結月だ。

昨年の夏、春日家は絡新婦との戦いで大打撃を受けた。

弥生と一義の二人が、ランクを複数落とす後遺症を負ったのだ。

Ａ級の絡新婦が注ぎ込んだ妖毒が、Ｂ級陰陽師だった二人の全身に回り、気の巡りを阻害した。

それによって呪力を十全に使えなくなり、Ｄ級やＥ級陰陽師の力となった二人は、陰陽師として引退を余儀なくされている。

『怪我だけだったら、呪力は使えたのだけれど』

一樹は沙羅を解毒して、手足も治したが、春日家までは治療していない。

無論、為す術《すべ》が全く無かったわけではない。

蒼依が妖毒や呪いを受けたのであれば、一樹は何としても治しただろう。

毎日、何ヵ月も、地蔵菩薩の修法である万病熱病平癒の気を送り続ければ、おそらく治った。

だが一樹と契約していなかった春日家に対して、一樹が受験や生活を放り出してまで、献身的に治療する必要はあるだろうか。

報酬の取り分は、春日家が二億七〇〇〇万円、一樹が一〇〇〇万円。

当時の一樹はＣ級陰陽師で、Ｂ級陰陽師だった春日家の三名を指揮したわけでもない。

春日家も「自分達も治せ。その後、籠の鳥にされても責任は負えない」とは言わなかった。

なぜなら依頼された沙羅の救出だけではなく、絡新婦の母体も撃破した一樹は、春日家の二人にとっても命の恩人だ。命の恩人に対して、そのように酷い要求はできない。

かくしてＢ級陰陽師の二人は、引退に至っている。

だが同じ戦場に母と兄が居て、庇われた結月だけは、後遺症を負わなかった。

既に結月は完全回復して久しいが、秋田県が妖怪への即応力を維持するために、数日間も気を落とす作業は行えなくなった。

結月に即応力の維持が求められるのは、秋田県に上級陰陽師が一名しか居なくなった上に、隣接する青森県の統括陰陽師が居なくなったままだからだ。

何ら対策を講じないまま、現状の青森県に数合わせのC級を送り込んでも良いものか。

ほかにも上級陰陽師を配置すべき都道府県があり、青森県を保留した結果として、春日家は青森県の西側までフォローせざるを得なくなった。

結月の呪力維持は、現状では優先順位が非常に高かった。


『氷柱女は妖怪だから、鬼の陰気を籠めれば良いわ。三人分で三枚。一枚の呪力は、中鬼二体分』

現状で霊符を作れない結月は、代わりに沙羅へ、作成方法を説明した。

『C級の鬼の陰気を籠める必要があるけれど、妖気を持つ女性のB級陰陽師なら大丈夫。時間が経つと効力が落ちるから、毎年春くらいに一組を卸していたわ』

「うちの一族を除くと、殆ど作れませんね」

沙羅が聞き出した作成のポイントは、女性がB級の呪力で、妖気を籠める点だ。

氷柱女が普通に気を吸うのならば、人間が食べ物を胃で消化するようにエネルギーを得られる。

だが霊符で気を補充するのであれば、輸血するように型が合わなければならない。

男性は陽気、女性は陰気を持つ。男性である一樹が、陽気を籠めた霊符を氷柱女に渡すのは、B

型の人間にA型を輸血するようなものだ。

しかも相手は妖怪と半妖なので、型には妖気も必要だ。五鬼童家は鬼神と大天狗の血を引き、その力を引き出せるほどに色濃いが、ほかの陰陽師に該当者はいるだろうか。

――B級かつ妖気を持つ女性の陰陽師は、殆ど居ないだろうな。

一〇〇の力があっても、それを全て呪符に移すなど不可能だ。術式による変換効率は一〇〇パーセントではないし、全ての気を移せば術者が死んでしまう。

C級の呪力を符に籠めるならば、術者にはB級の呪力が必要になる。

一般人が霊符を買うならば、陰陽師協会の秋田県支部に依頼するのが正規のルートだ。

だが霊符作成の条件は、秋田県にとって厳しすぎた。

春日家は、結月の母親である弥生が五鬼童家から嫁入りしてきて、鬼神と大天狗の血が入った。引退した先代が作成するなども出来なかった結果として、本来の販売元では調達できず、代わりに秋田県を統括する現役陰陽師の春日家が作っていたらしい。

――今の沙羅なら、作れるだろうな。

現在の沙羅は、結月と同等の呪力を持っている。初作成で、結月より作成時間は必要だろうが、作れるか作れないかの二択ならば、沙羅には作れる。

そして沙羅は、家の都合で呪力を残しておく必要もない立場だ。

「分かりました。ありがとうございます」

『別に良いよ。それより賀茂さんって、入り婿についてどう思……』

笑顔で通話を切った沙羅は、直ぐにスマホの電源を落とした。

そして一同に、春日家が卸していた呪符の効果について説明した。

「春日家に聞きましたところ、人間から気を吸うのではなく、呪符で補う場合、鬼の陰気を籠める必要がありました。ですから、妖の気を持つ女性が作る必要があるそうです」

「それは、あんたも作れるのかね」

尋ねた亭主に、沙羅は困った表情を浮かべた。

「作れますし、料金も春日家と同じで大丈夫ですけれど、作成には少し時間が掛かります。それと私は、秋田県を優先できない他県の陰陽師なので、将来的には別の手段が必要になります」


沙羅の優先順位は、一樹の仕事にある。

秋田県で呪力を消費して、いざという時に一樹の仕事の役に立てなくなるのは、沙羅にとっては本末転倒だ。余力を残したいのは、春日家と同様である。

今回は一樹が晴也の依頼を受けて応援に入ったため、一樹の仕事を手伝うために沙羅も応じた。

だが根本的な解決策は、ほかに探してもらわなければならない。

「中身が分かって、一先ずの霊符が手に入るだけでも、充分に有り難い」

応急対応が可能だと聞かされた亭主は、安堵の表情を浮かべた。

一先ずの解決策を示した沙羅は、一樹の意向を問うべく視線を向ける。

一樹が沙羅に頼めば、もちろん延々とやってくれるのだろう。だが一樹としては、沙羅の活動に制約を設けて解決とはしたくない。

共同依頼を持ち込んだのは晴也であるため、一樹は晴也に確認した。

「俺達は延々とは付き合えない。根本的な解決には、ほかの方法を確立する必要がある。晴也が俺を呼んだ理由は、霊符作成ではなくて、式神契約を補助させたかったからじゃないか」

一樹を連れて来た晴也は、沙羅に呪符の作成を頼めた時点で、応急の対応は出来ている。

だが晴也が一樹を呼んだ理由は、沙羅を連れて来たかったからではないはずだ。

そもそも晴也は、沙羅が一樹の事務所に所属していることなど知りようが無かった。


夕氷に魅入られた晴也が望むのは、一樹と蒼依のような関係ではないか。

氷柱女と半妖の氷柱女が生きていくためには、気を必要とする。

家族から同意の下に気を吸うのは、社会的に許される行為だ。だが他人から気を吸えば傷害罪であり、悪しき妖怪として討伐対象となる。

半妖の娘達が生活していくためには、家族からの安定した気が不可欠だ。

——気を安定して与えられると示せば、晴也は夕氷さんを依存させられるな。

気で依存させるのが卑怯だとは、一樹は全く思わない。

結婚相談所でも、結婚を望む男性側には、年収が求められる。

気を与えてくれるのは、妖怪や半妖にとっては夫が食費を稼いでくれるのと同義だろう。

一樹が想像したとおり、晴也は霊符とは異なる解決策を考えていた。

「せや。霊符は籠められる気が目減りするし、料金も高くなるやろ。式神契約で気を与えれば、それが解決できると思うたんや」

話を振られた晴也は、我が意を得たとばかりに勇んで答えた。

一樹は納得したふうに頷きながら、共同依頼を持ち込んだ晴也を立てる。

「契約を結べば、夏も普通に過ごせて、霊符も不要です。陰陽師の晴也であれば、妻と子供の分を渡しても、それが原因で老いたりはしません。与えられる気をいくらか溜めれば、晴也の死後も一生、ほかから気を吸わずに生きていけます」


一樹のあからさまな説明は、概《おおむ》ね伝わった。

亭主と女将は互いを見合った後、達観した様子で、特に何も語らなかった。

妖怪が気を獲得するのは、食事と同じで不可欠だ。

誰かには取り憑かなければならず、それが陰陽師であれば最良の糧となる。

――妖怪にとって晴也は、鴨が葱を背負ってくるような好物件のはずだからな。

晴也は夕氷と同い年で、堅実に働けば確実に高収入を得られる陰陽師だ。

一般人とは比較にならないほどに気の量も大きく、それが最重要である半妖の夕氷にとっては、滅多に出会えない好物件だ。

ツンとすました表情を浮かべる夕氷は、やがて晴也に尋ねた。

「お返しに何が必要ですか」

照れと不安が混在した様子の夕氷は、晴也の要求を分かっているのだろう。

だが明確には口にしていないため、男の口から言わせようと水を向けたのだ。

はたして晴也は、暫《しばら》く躊躇《ためら》った後、要求を口に出した。

「俺が気を渡せたら、付き合ってくれ」

一樹は内心で「そうじゃないだろう」とツッコミを入れた。

これは中学生の男子が、クラスメイトの女子に告白するアオハルではない。

式神使いと式神との間で交わされる、一生傍に居る約束なのだ。

一樹が勝手に添削するならば「一目惚れしました。気には一生不自由させませんから、式神契約をして、一生傍に居てください」だろうか。意訳は「俺の嫁に為れ」である。

同級生達が連れて来た晴也は、応援で呼んだ一樹達に霊符の代替を用意させて、母と妹が従来通りに生活できる見込みを立てた。

そして夕氷に対しては、一生分の気も用意すると言っている。

その提案を蹴れば、夕氷は気を得る目処が立たず、家族の霊符もいつか打ち切られる。

なにしろ一樹達は、晴也が応援として連れてきた。一樹達が誰の味方をすべき立場なのかは、考えるまでもない。

晴也が夕氷を明確に求めたならば、夕氷は提案を受け入れるしかなかったのだ。

夕氷はその覚悟もしていたのに、晴也からは想定していた告白を得られなかった。失望した夕氷は、冷たく答えた。

「母と妹の分も、気を下さるなら」

夕氷からの要求が、想定の三倍に増えた。

男らしく告白してくれなくても、甲斐性を見せてくれるのであればと、妥協した形だ。

春日家が渡していた霊符は、一枚がD級二体分で、三枚ではC級に届く。

一方で晴也はD級陰陽師だが、D級の気を毎月ないし二ヵ月に一回ごとに渡す形にすれば、年間の総量でC級は与えられる。

男らしさが無くても、優しさと甲斐性があればと、夕氷は妥協案を示した。

はたして晴也は、夕氷からの要求を無謀にも丸呑みした。

「よっしゃ、賀茂、術の準備を手伝ってくれ」

何も伝わっていない期待外れの晴也に、夕氷は残念そうな表情を向けた。

男らしさも無い、甲斐性も無い。

無謀にもC級に挑んで、自滅しようとしている。

そんな晴也に付き合えば、夕氷は将来的に困窮する。

――二人の間に半妖の子供が出来れば、追加で必要な気はどうする。半妖を妻に迎えたいのであれば、それくらいは考えるべきだろう。

両親が離婚している一樹は、晴也の無謀さに、子供の立場として駄目出しを行った。

一樹としては、いかに夕氷の同級生達が手を尽くして陰陽師を連れて来たのだとしても、夕氷には断る権利があるだろうと思わざるを得なかった。

なお夕氷の妹である氷菜は、日本人形が薄く笑うような表情を浮かべて見守っている。

妹にも、無謀な晴也が失敗する未来が見えているのだ。

自身の命運も懸かっているだろうに、それでも晴也に薄ら笑いを浮かべているのは、氷柱女の半妖としての本性だろうか。

――晴也が夕氷さんを手に入れられる機会は、あったけどな。

むしろ、余程の下手を打たなければ、失敗しないはずだった。それを気が付いていない晴也は、一心不乱に陣を作成していく。

――無謀だと止めるべきか、それとも見守るべきか。

晴也は、一樹の依頼主である。

そのため悩んだ一樹は、死ぬわけではないので制止しないと決めた。

これは晴也が行ったプロポーズが、言い方が間違っていて失敗するのだ。

結婚するのであれば、当事者が自分で間違いに気付けない限り、問題は何度でも再燃する。

失敗して経験を積んだほうが良いと見なした一樹は、晴也が致命傷を負わないように配慮だけは行った。

『水仙。晴也が倒れたら、頭を打たないように糸で転倒を防いでくれ』

『はいはい、分かったよ』

一樹は水仙に指示を出して、物理的な危険を予防した。

次いで呪力の保護も行うべく、陣に術者を守る最低限の術式も組み込む。

やがて準備が整い、晴也は意気揚々と術式を展開した。

「よっしゃ、いくで！」

そして気を送り始めてから二〇秒ほど耐えたところで、貧血のような症状を起こして、その場に倒れ込んだのであった。

水仙の糸で晴也の転倒を防いだ一樹は、深い溜息を吐いた。

「お付き合いの件は、無かったと言うことで、よろしいでしょうか」

霊符を用意してくれる事務所の所長である一樹に対して、夕氷は念を押した。

「残念ながら、そうなりますね」

氷の眼差しで晴也を見下ろす夕氷を見て、一樹は粛々と同意したのであった。

◇◇◇◇◇

「寝かせておけば、回復するだろう。起きるまで、水仙が見ていてくれ」

「えー、面倒だなぁ」

倒れた晴也を旅館の部屋に運び込んだ一樹は、腹に手を当てて陽気を注いだ。症状は気の欠乏であるため、気を補充して休めば回復する。

念のために判断力の高い水仙を残すと、一樹は自分達の部屋に向かった。

妻と娘を助けるからであろうが、一樹達には特別室が宛がわれている。

特別室には、ツインベッドルーム、デイベッド、ダイニングルーム、洋リビング、そして部屋付きの温泉露天風呂が備わっている。

温泉露天風呂には洗い場もあって、大風呂に行かなくても済む。

蒼依と沙羅がツインベッドルームに視線を送ったため、一樹はそちらに二人を押し込んだ。

「女子二人は、そっちの部屋な。俺は、隣のデイベッドで寝るから」

どちらかと二人で温泉旅行に来たのであれば、何かを間違えたかもしれない。一樹が邪念を持ったのは、晴也の欲望に触発されてである。

首を横に振って邪念を振り払った一樹は、沙羅に指示した。

「沙羅、霊符作成は頼んだぞ」

「はい。それについてなのですが……」

言いかけた沙羅が、蒼依を見て言い淀んだ。

「何か問題でもあるのか」

「私の気を溜めなければなりません。一樹さんに補っていただけたら、早くなります。手を繋いで送っていただく形で大丈夫なのですが」

「ああ、そういう事か。分かった。数日は早まるだろうからな」

一樹は蒼依に言い聞かせるように、数日間の短縮が可能だと説明した。

費用対効果で妥当性を見出したのか、蒼依は否定せずに話題を変えた。

「夕氷さん、綺麗な方でしたね」

反対意見が出なかったので、手を握って気を送る件は受け入れたらしかった。

「人を惑わして気を吸う妖怪は、それが出来るだけの容姿を持つんだ。晴也は、やり方を間違わなければ式神化できたはずだけど、見事に失敗したなぁ」

「主様は、夕氷さんを式神にするのですか？」

問われた一樹は、蒼依の不安を理解した。

晴也が夕氷に行おうとした契約に類することは、一樹が蒼依に行っている。

式神の括りであれば、頬撫で一体、牛鬼一体、八咫烏五羽、絡新婦一体、鎌鼬《かまいたち》三柱を持つが、いずれも式神として扱っており、それ以外の関係ではない。

蒼依は特別扱いで、一樹は家族が居なくなった相川家に、新たな家族として入ったような形だ。

毎日「おはよう」や「お休み」を言い合い、一緒に食事を摂り、テレビを見て雑談し、ほかの式神と戯《たわむ》れたり、今回のように出かけたりもする。

蒼依の空虚は、その世界に入り込んだ一樹が埋めて塗り替えた。

だが戦闘を目的としない女性の妖怪が、永遠に蒼依だけである保証はない。

「呪力だけであれば、出来ないことはない」

春日家が渡していた霊符から逆算すると、夕氷と氷菜の呪力はC級だ。

他方、一樹は膨大な呪力を持っている。

自衛隊が確認しただけでも、A級下位二体分は確実にあると判明している。

それは絡新婦との戦いで、C級下位の力を持つ式神の鳩二〇〇羽を飛ばしたからだ。C級下位二〇〇体分の呪力は、B級下位二〇体分、あるいはA級下位二体分に相当する。

一樹の呪力ならば、氷柱女の姉妹を式神化できる。

本人達が契約を拒まなければ、失敗のリスクも皆無だ。

もしも一樹が氷柱女の姉妹に目移りしたら、蒼依はどうなるのか。

仮に目移りしたところで、一樹が蒼依に気を渡さなくなる性格でも、足りなくなる呪力量でもないことは分かっている。

だが一樹が相川家から出て行ったら、蒼依はどうなるだろう。

そんな蒼依の不安に対して、一樹は明確に断言した。

「だけど俺は、夕氷さん達とは式神契約をしない。そんなことをしたら、今回の仕事に誘ってくれた晴也に悪いだろう」

蒼依の不安を取り除くべく、一樹は契約しない理由を述べた。

夕氷は美人で間違いない。そして母と妹にも気を与えるように求めたことから、家族思いの性格も垣間見える。

もしも晴也が条件に応じられたならば、夕氷は晴也の恋人にでも婚約者にでもなって、誠実に愛情を返しただろう。

そのような妖怪であれば、使役すれば一樹の事務所で働けるし、ほかにも色々と助けてくれるだろうと思われる。

戸籍を持ち、学校に通っており、運転免許も取れて、様々な手続きも行える。

人材としては非常に惜しいが、そもそも依頼人に対して不義理になるため、一樹が使役する選択肢は有り得なかった。

「仕事で不義理を働けば、信用されなくなる。だから、式神契約は無しだ」

「それなら契約できませんね」

「信義は大切です。霊符が必要でしたら、今後も私が作りますので」

蒼依は安堵し、沙羅も異口同音に賛同して、氷柱女の式神化は廃案となった。

蒼依の不安を解消した一樹は、デイベッドがある和室に入って荷物を放り出し、冷たい畳の上をゴロゴロと転がった。

——だけど晴也は、対応できないんだよな。

一樹達は応援で来ており、沙羅の対応は応急的なものだ。

霊符作成のために逗留する数日で、今後の解決手段も考える必要がある。

手が届く位置に座布団があったので手繰り寄せた一樹は、容易には思い浮かばない対策に頭を悩ませながら、座布団を枕に目を瞑《つぶ》った。

床で眠っていた一樹は、不意に目を覚ました。

目覚めたのは、蒼依と沙羅が部屋付きの露天風呂に入る物音がしたからだ。

二時間ほど経ったようで、二人は寝ていた一樹を起こさないように気を使ったらしい。

——どうせなら、ベッドで寝れば良かったな。

一樹が起きて室内を彷徨《さまよ》ったところ、既に夕食の時間に入っており、夕食がダイニングルームに運んであった。

特別室だからか、サービスされているのか、山海の幸が豪勢に並んでいる。

料理を下げる時間もあるかと考えた一樹が食事を平らげ、テレビで秋田県の地方番組を見ていると、蒼依と沙羅が温泉から上がって、一樹にも勧めてきた。

「内線電話で連絡すると、料理を下げてくれるそうです。そちらは連絡しておきますので、主様は次に温泉にどうぞ」

「部屋のお風呂なのに、結構広かったですよ」

浴衣に着替えた二人に言われるが儘に、一樹は露天風呂へと向かった。

◇◇◇◇◇◇

客室の奥には、引き戸で仕切られた流し場がある。そして奥には、大きな石で囲われた露天風呂が設置されていた。

湯が流れる音が、一樹の心を安らげる。

温泉専用として開発してもらったであろうシャンプーやコンディショナーを使い、一樹は流し場で大雑把に髪を洗った。

一樹が今世で温泉に入るのは、今日が初である。

父親の和則は、家族を温泉旅行に連れて行く甲斐性が無かった。

一樹が絡新婦の依頼料を半分渡したので、今は借金の清算も済んでいるだろう。

だが一樹が小さい頃であれば、余裕が出来ても呪具に使ったであろうから、結局温泉には行けなかった。

――今も呪具に費やして、家族旅行なんてしないかな。

和則が稼げたのは一樹のおかげであり、離婚された和則の問題が解決したわけではない。

「再婚は、無理だな」

両親の離婚は、父親だけが悪いわけでもないと一樹は考える。父親の甲斐性に問題があるのは明らかだが、母親も父親の職業や性格を知ったうえで結婚したのだ。

喩《たと》えるなら、晴也に甲斐性が無いと分かったうえで、夕氷が晴也と結婚したようなものだ。

夕氷には断る選択肢もあったのだから、実際に迷惑を蒙った二人の子供という立場から見れば、母親も単なる被害者ではない。


一樹としては、両親の問題は両親が決めれば良いと考える。

だが血の繋がった妹の綾華だけは、兄として気がかりだ。

それこそが一樹に、両親にも無断で妹と会って甘やかす行動を取らせる所以《ゆえん》であった。

そんなふうに思いながら、良い香りのするボディーソープで身体を洗って、いよいよ温泉に足を踏み入れた時だった。

引き戸が開かれて、身体にタオルを巻いた蒼依が入ってきた。

「…………はっ？」

数秒ほど固まった一樹は、混乱状態で発声した。

そもそも蒼依は、先程まで温泉に入っていなかったか。

鳩が豆鉄砲を食ったような表情の一樹が、腰にタオルを巻きながら温泉に沈み込んでいく中、蒼依が取って付けたような説明をした。

「せっかくの温泉ですから、一度だけだと勿体ないですよね」

顔を上気させた蒼依が、嘘を吐いていることは、一樹にも理解できた。

二度風呂が悪いわけではないが、二度目の入浴があまりにも早過ぎる。

それも一樹が入っているタイミングである。

唖然とした一樹が蒼依の表情を窺うと、蒼依は顔を真っ赤にして緊張しきっている。

――犯人は、おそらく沙羅だろう。

冤罪が嫌いな一樹は、ほぼ確信しつつも、断定は避けた。

電柱が杉だった頃の話をする山姥に育てられた蒼依は、とても古風な感性を持っている。

昔は混浴も良かったのかもしれないが、未婚の蒼依が異性の一樹と温泉に入って肌を晒すのは、躊躇うだろう。

蒼依は、着物が似合いそうな首の細いなで肩で、腰が低くて幼く見え、体の凹凸が少ない純日本人体形だ。現代の高一女子の平均的なバストサイズは、八一センチメートルほどで、カップはAからB。純和風の蒼依は、ごく標準的な日本人の体形である。

そのように、一樹に見られてしまうのだ。

蒼依が自ら率先して入ってくるとは、一樹には思えない。

そのため沙羅に誘導されたのだろうと、一樹は考えた次第である。

想像しつつも、機先を制された一樹が守勢に回る中、身体にバスタオル一枚を巻いただけの蒼依から、大義名分が示された。

「部屋風呂は、混浴も大丈夫なんですよ」

「なん……だと……」

混浴文化の指摘に、一樹は反論の術を失った。

かつて八咫烏達の卵を回収した際、八咫烏の親が子犬を食べる光景を見た一樹は、西アジアでは犬食文化が肯定的である点を思い起こして否定を避けた。

それは日本にも捕鯨文化があり、他国からは否定的な意見も寄せられるが、一樹は捕鯨の否定が良くないと考えたからだ。『あの文化は良いが、この文化は駄目だ』は、二重規範になる。

そのため一樹は、考える。

『捕鯨文化の否定が駄目であるならば、混浴文化の否定も駄目ではないか』

混浴文化の否定が出来なくなった一樹は、そのまま硬直状態に陥った。

その間、一樹から制止されなかった蒼依は、するりと温泉に入ってきた。

部屋付きの温泉は、ベッド二つ分に満たない大きさだ。

一樹が混乱する中、温泉の中で蒼依は右隣に寄ってきて、肩が触れ合う距離になった。

蒼依は長い髪を結っており、うなじまでハッキリと見えている。

もしも一樹が、どうなっても知らないぞと言えば、本当になりかねない。

不意に一樹には、若い狼の後ろ姿が思い浮かんだ。

狼の眼前には、踏み込めば入り口が閉まる檻の中に上質な肉がぶら下がっている。踏み込めば、それは食べられる。ただし踏み込めば、当然ながら退路は断たれる。

――これは罠だ。

混乱する一樹は、迷える子羊ならぬ狼となった。

沙羅が蒼依を送り込んだ目的は、一体何だろうか。

夕氷を式神化できたのだと知った蒼依は、危機感を抱いていた。

今回の夕氷は式神化しないが、これからも永遠に増えない保証はないし、今後の話は一樹も否定していない。

そして根が正直な蒼依は、心に迷いを見せたところを沙羅に突かれたのかもしれない。

山姥の祖母に従っていたとおり、蒼依は自身の強い意思で目標に向かって突き進むのではなく、基本的には協調的で、相手に従うことを選ぶ性格だ。

迷いがある状態で沙羅に誘導されれば、今の蒼依であれば簡単に釣られるかもしれない。

蒼依に関して想像できた一樹は、次に沙羅の意図を想像した。

一樹は好感度のパラメーターなど見えないが、沙羅の一樹に対する好感度は、確実に振り切れていると確信している。

一樹は沙羅をA級妖怪から救い出して、失われた手足も治した。

残りの人生が、命を救われたことで続いているのだから、命を救われる以上に重いことは無い。

そして手足を使えることも、人生の殆どを占める。

一樹自身が助けられた場合であれば、一樹も可能な限り沙羅の望むようにする。

一三〇〇年以上も義理を果たして来た五鬼童家の娘であれば、一樹が想像する以上に恩義を返すに決まっている。

昔話における最大の恩返しは嫁入りだ。

沙羅がそれも考えているのだろうことは、一樹にも簡単に想像が及ぶ。

だが沙羅は、一樹だけに助けられたわけではない。

「沙羅を助けた時、蒼依が病院に先行して、俺に位置を伝えたからか」

だから今回の沙羅は、自分にとって最大のライバルであろう蒼依に一歩譲ったのだ。

予想を述べた一樹に対して、蒼依は微笑して答えた。

「ずっと気にしていたみたいです」

「流石は五鬼童だな。律儀なことだ」

ずっと気にされて共同生活をされては、さぞや蒼依も困ったことだろう。二人の行動を理解した一樹は、納得して右隣に居る蒼依に視線を向けた。

すると意識を向けられた蒼依は顔を真っ赤にしながら、そっと視線を逸らした。

――逃げられると追いたくなるのは、なぜだろう。

人間が狩猟を行っていた時代の本能を刺激されるのだろうか。そっぽを向かれた一樹は、蒼依の肩に右手を回した。

すると蒼依の身体はビクッと小さく震えたが、拒絶したりはしなかった。

これが蒼依と沙羅の清算なのだとして、結局のところ来たのだから、据え膳ではないだろうか。

温泉の温度と湿度で、思考が廻らなくなった一樹は、蒼依を優しく引き寄せた。

そして自身の顔を蒼依の正面に回り込ませて、ゆっくりと近付けていき……。

「ダーリン、晴也が目を覚ましたよーって、あれぇ、何してるのー？」

水仙の乱入に驚いた一樹は、咄嗟に顔を上げて、慌てて蒼依から離れた。

一度冷静になった一樹の行動は、そこまでであった。

夫婦ではない者同士での性行為は、地獄堕ちで階層を定める要件の一つ『邪淫《じゃいん》』に引っ掛かる。

他ならぬ一樹であればこそ、易々と罪は犯せない。

なお愚かで、哀れな絡新婦の末路は、当事者のみぞ知る。

もっとも水仙は、一樹の呪力で、倒されても復活するのだが。

◇◇◇◇◇◇

旅館に到着して二日目。

朝食後、旅館の喫茶店でコーヒーを啜《すす》り寛ぐ一樹の眼前で、晴也が悔恨した。

「くそっ、俺の呪力が、もっと高ければ」

晴也の呪力が高ければ、一体どうなっていたのか。

夕氷は「母と妹にも気を分けてくれるなら」と条件を出しており、晴也も条件に応じた。

晴也は陰陽師協会を通して、上級陰陽師の一樹を応援に呼んでいる。

そのため夕氷は、晴也の気を取るだけ取って、後は用済みとばかりに破棄など出来ない。

陰陽師を騙す妖怪であれば、一樹も協会に報告した。

すると佐々木家は、今後は協会からの協力を得られなくなる。

協会に所属する陰陽師への新たな依頼の不受理、霊符の供給停止などが行われ、直ぐに首が絞まるだろう。

だから晴也が条件を満たしたならば、夕氷は確実に晴也の要求に応じたのだ。

晴也が残念な男でも、充分な甲斐性があれば、関係は成立していた。

夕氷は晴也と同い年で、北欧系を彷彿とさせる美女だ。

昨日は、まさに千載一遇のチャンスだった。

晴也の保有する呪力的に、惜しかったと言えるほど僅差ではなかったものの、逃した魚の大きさから後悔も一入《ひとしお》だろう。

「D級のリザードマン程度なら、式神化も可能では？」

「いらんわアホ！」

リザードマンを隣に座らせる未来について、晴也は力強く拒否した。

式神使いが使役できる式神の数と質は、術式や式神との相性などもあるが、基本的には術者の呪力に左右される。

式神を使役する場合、「俺の呪力を与えるから従え」と契約を求める。

それは人間社会における雇用契約のようなものだろうか。

働かせるか否かはさておき、雇ったなら給料を渡さなければならない。

D級妖怪一体を使役する場合、術者は自身の呪力から、D級一体を十全に動かす呪力を人件費として徴収される。

呪力を与えない場合は、術が効力を失い、式神契約が無効となる。

雇用者側が給料を渡さなくて、雇用契約が無効になるようなものだ。

夕氷を使役する呪力負担は重くて、晴也には術の維持は出来ないが、D級のリザードマンであれば可能だと一樹は考える。

「リザードマンも強そうだし、使い勝手は良さそうだと思いますが」

「そんな魔物が欲しいのは、小学生までや」

リザードマンに関して、晴也は本気で嫌がっていた。

夕氷と比較すれば、受け入れられるはずもない。

もしも知り合いに『絶対に可愛いから会ってみて』と、修整された美少女の写真を見せられて、内心で期待して会ってみたらリザードマンだった時、受け入れられるだろうか。

現状の晴也は、断固拒否の姿勢だった。

——これは駄目だな。

晴也の悔恨を別の式神で代替するのを諦めた一樹は、沙羅に霊符を作らせるのとは別の解決手段について提案した。

「うちの所員が霊符を作る以外の方法も、考えましょう」

「……せやな」

「喫茶店の床に陣を敷き、客が姉妹や女将に向ける気を回収して補うのは、どうでしょう」

妖怪は、人の気を吸う。

だが殺して喰う以外にも、手で触れるなど接触して送る方法や、陣を使って送る方法もある。

前者は、一樹が倒れた晴也や霊符を作成する沙羅に対して行った。また後者は、晴也が夕氷に対して行った。

一樹の提案は、式神契約ではなく、向けられる気を無為に散らさずに回収するやり方だ。

大気中にある空気を使ったところで、誰も罪には問われない。

それと同様に、大気中にある気を集めたところで、罪には問われない。

——単に漂う気を集めるのは大変だが、客自身が気を向けて来れば話は別だ。

自ら気を送るのは、昨日の晴也が夕氷に気を送ったのと同じ行為だ。

晴也の場合は術式で補い、一般人の場合は補っていないが、だったら補ってしまえば良いという考え方である。晴也は限界まで気を送ったが、旅館の客達は自ら放った分しか回収されないので、健康を害することもない。

「絨毯の下にでも敷いておけば、外観も損なわないでしょう」

「陣は敷けても、一般人の呪力やと、足りんのとちゃうか」

一樹の提案こそ否定しなかったものの、晴也は根本的な解決には疑義を呈した。

自然発散される気程度では、足りないのではないか。そんな懸念に対して、一樹は気を多く向けさせる方法を口にした。

「そこは気を多く向けられる工夫で、多少は補えるかと。例えば、メイド喫茶」

「……なんやて？」

動揺した晴也が身動《みじろ》ぎして、ズレた椅子が音を立てる。

すると喫茶店の手伝いをしていた夕氷が、一樹達に近寄ってきた。

「おはようございます」

挨拶してきた夕氷は、目立つ明るい色合いの着物姿だ。

旅館の仲居が着る、落ち着いた色合いの物とは若干異なっており、若女将が特別な物を着ているような印象を受けた。

「おはようございます」

「お、おはよう」

一樹は丁寧語で挨拶を返し、晴也は挙動不審に短く答えた。

「霊符作成のほうは、如何《いかが》でしょうか」

「順調に進んでいます。今は霊符を用いない気の集め方を相談していました」

告白後、盛大に失敗した晴也は、挙動不審になるのも無理からぬ話だ。

応援で呼ばれている身の一樹は、やむなく晴也の代わりに、現在検討している案を説明した。

「……という次第で、安倍陰陽師が行った陣による気の回収を、威力を大幅に縮小して再現する方法を検討中です。気を向けられ易くするために、メイド服はどうかと話していたところでした」

イギリスなどで家事使用人を指したメイドの服装は、給仕する者の格好としておかしくない。

給仕される客は、自分が使用人を持てる疑似体験で、非日常の上流階級ごっこを楽しめる。

対して店員は、特段おかしくない制服で、喫茶店には普通にあるコーヒーなどを出すだけだ。


女性の中には、男性客に変な目で見られるから嫌だという意見もあるだろう。

だが夕氷の場合は、自身の命が懸かっている。まさに気が欲しいのだから、気を向けられるのは願ったり叶ったりだ。

老舗旅館という空間において、メイド服は目立って注目を浴び易い。しかも氷柱女という容姿と併せれば、客の視線は釘付けだ。

はたして夕氷は、効果について聞き返した。

「どれくらい効果があるのですか」

「そうですね。人間を一人食べて得られる気に対して、一〇〇〇分の一ほどしか回収できなくても、一〇〇〇人に給仕すれば良いわけです。大雑把に考えますと……」

喫茶店の給仕が一日一時間で、一〇人から気を向けられれば、一〇〇日で一〇〇〇人達成だ。

一時間ごとに妹や母親と役割を交代して、喫茶店を三時間くらい営業すれば、実現できる。

一日一時間の労働であれば、継続は難しくない。何なら食事の時間だとでも考えれば良いのだ。

トータルで総量を満たせば良いわけだから、テスト期間中は休むことも出来る。

「概算ですが、不足するなら労働時間を増やすなり、下位の霊符調達で補うなりすれば良いかと」

「無理ではないかもしれませんが、なぜメイドの発想が出たのですか」

「たまたまテレビで見まして」

一樹が偶然見たテレビ番組では、結婚相談所の特集を行っていた。

そこではカリスマの女性アドバイザーが、相談する女性に対して、「男性と会う時にはスカートを穿くように」と指導していた。番組曰く、スカートが揺れ動くと、男性は獲物を狙う動物の狩猟本能を刺激されるらしい。

——心当たりが、あるような気が、しなくもない。

情報源がバラエティ番組である時点で、演出された部分も否定できない。

だが日本では、スカートは一般的に女性しか穿かない。

男性がスカートを穿けば、一般男性からは失望と抗議の視線を向けられるし、一般女性からも冷めた目で見られる。警察からは、職務質問されるだろう。

したがってスカートを穿いていれば女性だという先入観があり、女性らしさを意識し易いのは紛れもない事実だ。

一樹はメイド喫茶を出した理由として、テレビ番組の解説を挙げた。

「テレビによれば、ズボンよりもスカートのほうが、男性の気を惹きやすいそうです」

「それなら学校の制服とか、別の服装でも良いのですか」

学校の制服で給仕する効果は、着物やメイド服よりも高いのか。

おそらく着物よりも効果はあるのだろうが、メイド服よりも効果があるかと問われれば、一樹は懐疑的だと考える。

学生の一樹にとって女子の制服は日常であるし、電車に乗る社会人であれば、同様に見慣れているかもしれない。一方でメイドは、非日常の存在だ。

給仕してもらう体験で、自身が一時的にメイドを雇えるような立場になったと錯覚、あるいは一時的には使用できた感覚を得られて、立場に付随する様々なことを妄想できて、満足感を得られるのではないか。

これは救命の仕事だと考えながら、一樹は最適解を模索した。

「メイド服のほうが非日常で、関心を向けられ易いかもしれません。関心を向けられ易い曜日や、時間帯もあるでしょうが、そこは私には分かりませんので、ご判断ください」

「……ぐぬぬ」

隣で聞いていた晴也が、思わず呻《うめ》き声を上げた。

だが夕氷が気を得る必要性は理解しており、否定はしなかった。

告白してくるほど気のある陰陽師の晴也が、渋々と納得する姿を見た夕氷は、一樹の提案には相応の必然性があるのだと認識した。

「私は構いませんし、氷菜も気にしないと思いますが、母にはメイド服を着てほしくないです」

「それでは女将さんは、夜に旅館のバーで、普段の着物姿で手伝うとか。陣は複数の場所に設置できますので」

「それでしたら、家族と相談してみます」

陣の作成ポイントは、放出されて、身体から離れた気だけを回収することだ。

実際に式神を使っている賀茂家と安倍家が協力して作るのだから、それほど難しくはない。

将来トラブルが発生しないように、統括陰陽師の春日家に確認を取ってから運用を始めれば良い。

一樹の事務所には従姉妹の沙羅が居るため、連絡は非常に付け易い。


その後、旅館の床に敷かれた絨毯の下に、気を回収する陣が作られた。

そして沙羅の作った霊符の納品と合わせて、氷柱女の救命依頼は、達成となったのであった。

第三話　新たな式神を求めて

「使役できる式神、探しに行くで」

二件目の依頼を達成した翌日、晴也は旅館で宣言した。

夕氷を手に入れることを断念せざるを得なかった晴也は、戻れない過去を割り切って、新たな式神の獲得に希望を託したらしい。

晴也の思考は単純明快で、立ち直りも早い。

結構な話だと、呆れ半分に感心した一樹は、念のために確認した。

「三件目の仕事と、単なるプライベート、どっちですか」

「プライベートやな」

一緒に式神を探しに行くのであれば、一樹に対する依頼にならない。

依頼人ではなくなった晴也に対して、同じ陰陽師である一樹は、遠慮なく問うた。

「プライベートなら、敬語は止めるぞ。学校は休みだから構わないけど、アテはあるのか」

前向きになったのであれば、良いことだ。

そのように捉えた一樹は、「リザードマンを探しに行くのか」と、からかったりはせず、晴也が求める夕氷のような綺麗どころの妖怪のアテを尋ねた。

見目麗しい妖怪であれば、一樹は妖狐《ようこ》などが思い浮かぶ。

妖狐の有名どころは、白面金毛九尾《はくめんきんもうきゅうび》の狐、安倍晴明の母親、現在のA級三位など。

力の幅は広く、全国に数多く存在する。そのため格下ならば、晴也でも使役できると思われる。

弱いと戦闘の役には立たないが、晴也が求めるのは屈強な戦闘員ではない。

「妖狐は定番だよな。あるいは狸も化けられるか」

全国的には妖狐が多いが、四国は妖狸《ようり》の天下だ。

美しさでは妖狐が勝るが、妖狸のほうは愛嬌があって、必ずしも劣るわけではない。

「問題は、どんな相手を選ぶのかだな」

人の姿になれる妖怪達は、それ故に人間から狙われ続けてきた。

自衛能力の低い集団が自然淘汰されていった結果、現在残るのは妖怪の領域に籠もって人里に来ないか、逆に人間社会に深く食い込んでいるかとなっている。

妖怪の領域に籠もっている妖怪達は、D級陰陽師の晴也でも容易に手は出せない。

人間社会に食い込んでいる妖怪達は、普通の女性を口説くのと変わらないはずだ。

一樹の疑問に対して、晴也は自信に満ちた不敵な笑みを浮かべた。

「アテはある。和歌山県に出る、猩々《しょうじょう》を考えとる」

「猩々って、昔は七福神の一柱にも数えられた種族か」

猩々とは、北は岩手県から南は山口県までの各地に生息し、隣国では中国にも存在する妖怪だ。

七福神が明確化される以前の江戸時代は、吉祥天と共に、七福神の一柱にも数えられた。

外見には地域差があるが、それは変化できるからだと判明している。

日本では概ね緋色あるいは紅色の長い毛を持ち、人の言葉を理解して、会話も出来る。

化けていない時の姿はオランウータンに近いが、猩々自身は「自分達は猩々だ」と語る。

『人間も「猿に近い」と言われれば、自分達は人間だと返答する。我らも同様に、猩々だ』

そのように主張されれば、人間側も納得せざるを得ない。

そんな和歌山県の猩々は、昔から田辺市にある天神崎《てんじんざき》に住処《すみか》を構え、田辺湾などで魚を獲って暮らして来たとされる。

昔から天神崎は、猩々の住処であった。

地元では、天神崎に近い浜辺で若い男が笛を吹くと、若く美しい女の姿をした猩々が現れて、曲を催促する。

そこで男が笛を吹くと、猩々の娘はお礼をしたり、余程気に入れば付いて来たりもする。

猩々側も人里に来て交易をしたり、人間の女性を誑《たぶら》かしたりもするが、目的は血の交配だ。

人間と猩々は、交配できる。

和歌山県の猩々は、長らく人と交流してきた歴史があって、地元とは概ね折り合える形に落ち着いていた。

「和歌山県の猩々は、人化したら『若く美しい娘』らしいな」

「流石は賀茂家や、よう知っとる」

語り出すと長時間になる父親を思い浮かべて、一樹は渋面を浮かべた。

一樹が習った猩々は、成人した雄がD級、成人した雌がE級だ。したがってD級の晴也ならば、式神としてE級の力を持つ猩々の雌を使役できる。

男が呪力を籠めて吹き、活力や呪力を示せば、猩々の気を惹ける。

雄の晴也が力を示して、雌の猩々が自発的に付いていくのであれば、それは猩々にとって伝統の範囲内でもあった。

「猩々は笛で誘えるそうだが、晴也は笛を吹けるのか」

一樹も縦笛と横笛を吹いてみたことはある。

だが吹けるようになったのは、息を吹けば誰でも音が出るタイプの縦笛だけだ。太鼓も叩けるが、儀式に必要な必要最低限であり、才能はなかった。

一樹の技量であれば、猩々からは大きなマイナス査定をされるだろう。

「うちにとったら、初歩の技術や。当然、それなりに吹けるで」

「流石は安倍家。だったら、好みの猩々が来ると良いな」

晴也が彼女を作るのであれば、普通にナンパしたほうが早いかもしれない。

何しろ陰陽師は、医師や弁護士よりも希少な人材で、普通に働けば高給取りである。全職業で一番死に易いという欠点も抱えているが。

そのように思いながらも、一樹は少しだけ、晴也の式神探しに付き合うことにした。

そして旅館での仕事が終わった後、和歌山県田辺市に向かったのである。

秋田県湯沢市からは、妖怪の支配地域を避けて東京、大阪を経由しながら移動する。移動時間は、丸一日となる。

蒼依の家の一階に引っ越しの荷物を入れる沙羅と、それに立ち会う蒼依は、連れて来なかった。

『夕氷さんに振られた晴也が、美人の式神を探したいと言っている。だから移動を含めて四日ほど、男の付き合いで行ってくる』

一樹が全てを詳《つまび》らかにしたのは、これが報酬の発生する仕事ではないからだ。

相手が客ではなく、報酬も無いので、守秘義務も発生しない。

であれば蒼依や沙羅との信頼関係を損なってまで、晴也を庇い立てする義理もなかった。

「念を押すが、今回の俺は式神を増やさない。どんなに良い奴が居てもだ」

一樹は全てを包み隠さず、正直に説明した。

すると蒼依と沙羅は、その場に居ない晴也には呆れた表情を浮かべたが、一樹の行動には理解を示した。二人に見送られた一樹は、晴也と共に和歌山県へと赴いた。

◇◇◇◇◇◇

宿泊したのは、田辺市の駅前にある一般的なホテルだった。

簡素な夕食を食べて休み、簡素な朝食を食べてから出立する。安いホテルでは、移動の疲れは大して取れなかった。

前日までの温泉旅館と比較しては、いけないのだろう。

調伏前に宿泊代を節約するのは、やはり駄目なのだと思い知らされる。

その反省から、翌日以降の宿は高いところを予約する。

他方、晴也は活力が漲《みなぎ》っていた。

「よっしゃあ、気合を入れて捕まえるで！」

活力ではなく、ギラギラとした精力だろうか。

狙っている女性が、妖怪の猩々ではなく人間であれば、通報案件だろう。

浜辺に着いた一樹と晴也は、妖怪を捕縛する陣を次々と作ってはシートで隠し、雑霊の侵入を弾く陣も作り、必要な陣を次々と整えた。

コンビニで買った昼食で休憩を挟み、昼下がりまで作業を続ける。

これが二月下旬ではなく夏の作業であれば、とても続けられなかった。

夕方に入って海辺の陣を揃えた二人は、ようやく準備を整えた。

「まずは俺の式神からや。三体以上釣れたら、そっちにも回すからな」

「別に要らないから、さっさと始めるぞ」

いきなり二体を得ようとするのは、再び失敗する原因になりかねない。

そんなふうに思いつつも、笛の音に満足して付いてくるのは猩々側の勝手だと思い直した一樹は、晴也に開始を促した。

すると赤い夕日に染まる浜辺に、笛の音色が高らかに響き始めた。

笛の音は、単に高いだけではなく、きちんとした曲になっている。

それは神社を連想させるような、伝統的かつ厳かな曲だった。

一〇以上の曲が次々と滑らかに繋げられていき、波が押し寄せる音と調和して、周囲へ広がる。

吹かれる笛の音には呪力が籠められており、陣の作成で疲れていた一樹は、心穏やかになって、溜息を吐いて浜辺に寝ころんだ。

やがて曲がループし始めた頃、陣に妖気を持つ何かが、引き寄せられる反応があった。

――何か、誘われて来たな。

引き寄せられる相手は逃げようとせず、逃亡を防ぐ陣も作動しない。

晴也は慌てず、演奏を中断せず、招かれた存在にゆっくりと歩み寄っていく。

一樹も静かに身体を起こして、招かれた存在を遠目に眺めた。

「……白髪の少女？」

陣に招かれた存在は、想定していた緋色や紅色の髪ではなかった。

それは白髪で、人間では有り得ないほどに整った愛らしい顔立ち、非人間的な美しさの肌、怪しく魅惑的な雰囲気を兼ね備えている。

氷柱女の半妖である夕氷と、どちらが美人かと問われたならば、一樹は迷ったうえで、「白髪の少女は四年ほど経てば、夕氷のようになる」と答えるだろう。

つまり招かれた存在は、少女であった。

晴也にとって明らかに残念な点があるとすれば、少女が霊体であることだ。

招かれた存在は、既に死んでいるらしかった。

いつの間にか演奏を止めていた晴也は、少女の元に歩み寄り、片膝を突いて話し掛けた。

「君に一目惚れした。式神契約してくれ」

まさかの初手での告白である。

――どうして夕氷さんの時に、それを言わなかった。

そうしていれば、今頃は付き合えていただろう。

そもそも猩々を式神にする話は、一体何処へ行ったのか。

さらには少女が何の妖怪かも、どれだけの気を喰うのかも分からずに契約して、失敗したらどうするのか。

一樹が脳内で様々にツッコミを入れるのを他所に、少女は晴也に答えた。

「でも、あたし、結婚してくれるって約束してくれた人に嘘を吐かれて、待っていたのに置き去りにされて、捜し回って怨霊になったんです。本体は、その人を見つけたけど逃げられて、もう死んじゃいましたけど」

霊の証言から、一樹は疑問を持った。

――どうして嘘を吐いて、置き去りにして逃げていったんだ。

少女の年齢は少し若いが、容姿は非常に優れている。

人間の気を吸う妖怪は、容姿が優れていなければ人を誘えなかった。

人間より力が強かろうとも、引き付けられるほうが、糧を得る効率は良い。

それが代々続いた結果として、人の姿になる妖怪は、人間よりも美しい容姿を持つようになっていったと考えられる。

晴也の前に現れた妖怪の容姿は明らかに優れており、年齢が若いという問題についても、四年ほど待てば自然に解決しただろう。

陰陽師としての一樹は、妖怪ないし半妖である白髪の少女の正体に、逃げざるを得なかった何らかの理由が有るのかもしれないと想像した。

前回の依頼であれば、結婚した亭主は寿命を大きく削っている。自分が生きることを優先したければ、結婚しないで逃げる選択肢も有り得るし、逃亡の判断も間違っていない。

だが晴也は陰陽師で、それなりの呪力を持っている。

そして夕氷のように、家族三人分を求められたわけでもない。

白髪の少女に対して、晴也は即答した。

「君みたいに美しい娘を捨てるなんて、阿呆な男や。そんな男なんて忘れて、俺と契約してくれ。俺は大切にするで」

晴也の即断即決を目撃した一樹は、不安を抱いた。

――正体を確認しなくて良いのか。

先物買いのメリットは様々にある。

気落ちしている相手に、条件を付けずに受け入れると言えば、本来は靡《なび》かない相手でも契約に応じる可能性が高まる。

あるいは積極的に応じてくれる結果として、契約に必要な呪力を少なくしてくれて、格上妖怪を使役することも叶う。

自分より強力な妖怪を使役する式神使いには、そのような人生の賭けに勝った者も存在する。

したがって晴也の決断は、現段階で間違いだとは断定できない。

一樹が不安そうに見守る中、少女が質した。

「あたしを捨てませんか?」

「捨てるわけないやろ。代々受け継いでいる鷹の式神は一体いるけど、そいつと仲良くしてな」

「はい、代々受け継いでいる鷹の式神でしたら、大切にしてください。でも、あたしにも酷いことはしないでください」

「当たり前や。酷い扱いなんてしないし、俺は大切にするで」

一樹の不安を他所に、晴也と白髪の少女は条件を詰めていった。

そして立会人が不安視する中、二人は式神契約を交わした。

◇◇◇◇◇◇

「キヨと言います。母が白蛇の妖怪で、黒蛇に呑まれたところを人間の父に助けられて、その後に結婚して、あたしが生まれました」

晴也が式神にしたのは、白蛇の半妖の怨霊だった。

白蛇が美しい女に化ける話は、中国の『白蛇伝』で広く伝えられる。

伝えられる話の中には、白娘子《はくじょうし》という齢千年を超える白蛇の精が、仙術を会得し、白衣を着た美人に変化して、命の恩人と結婚して子供を産むものもある。

また、キヨが語った黒蛇も『山海経』に伝えられており、そちらは象を呑み込む強大な力を持った蛇だとされる。

中国に記録が存在する以上、日本でも妖蛇《ようじゃ》は発生するだろう。


黒蛇が象を殺すのではなく、呑み込む存在であれば、牛太郎とは比較にならないほど強い。もはや伝説に記される魔王級で、その力はS級と考えてもおかしくはない。

そして黒蛇に負けつつも、助けられる程度には耐えて生き延びた白蛇は、一つ下のA級だと仮定する。その娘で半妖ならば、B級くらいの力が妥当かもしれない。

――若ければ、それよりも弱いだろうが。

もっとも半妖は、必ずしも親に劣るわけでもない。

安倍晴明は母親が妖狐なので半妖となるが、陰陽師としての力は、おそらくS級だった。

千年以上も続く日本の陰陽師の歴史で、歴代最高とも謳《うた》われる安倍晴明。そのような陰陽師が、各世代に何人か居るA級陰陽師と同格のはずがない。

親の強さは、子供の力を推定する参考にはなるが、絶対に当て嵌まるとは限らないのだ。

――この白蛇の半妖は、どのくらいの力を持つ？

悩む一樹を他所に、晴也は終始上機嫌だった。

上機嫌を超えて、有頂天になっているかもしれない。

「半妖か、道理で綺麗やと思ったわ」

数日前までは夕氷を求めていた晴也は、それに匹敵する美少女を得て、大変ご満悦だった。


氷柱女の半妖であった夕氷と、白蛇の半妖であるキヨとは、外見も雰囲気も似ている。

髪の色は、夕氷が淡い銀髪で、キヨが白髪だ。

肌の白さは、氷柱女と白蛇の半妖同士で、どちらも色白だ。

儚げな雰囲気は、両者が好ましからざる立場にあったからだろう。

容姿は人の気を吸う妖怪らしく、どちらも甲乙付けがたい美しさだ。

年齢は、キヨが若年に見える。


キヨは霊体だが、式神使いは呪力で式神を実体化できるので、致命的な障害とはならない。

一樹であれば、絡新婦の水仙を実体化させて何かをしようとは思わないが、晴也がその気になれば、キヨに何かを出来るのだ。

「それでキヨさんは、何歳ですか」

晴也の式神とは言え、遙か昔に生まれた故人に対して距離を測りかねた一樹は、慎重に尋ねた。

「歳は、数えで一三歳でした」

数え年とは、生まれた年を〇歳ではなく、一歳とする数え方だ。

年が明けて、正月になれば二歳と数えられる。そのため、一二月三一日に生まれた子供であれば、生まれた日が一歳、翌日には二歳となる。

一月一日生まれであれば、生まれた一年目が一歳、次の年は二歳だ。

したがって数え年を現代の数え方に換算すれば、一年から一年と三六四日が嵩増《かさ》しされている。

つまりキヨは、一一歳から一二歳だ。

ただし、昔の基準では午頃だったかもしれない。武田信玄の最初の妻や、前田利家の妻は、その頃に子供を産んでいる。

——そもそも法的には、何も問題ないが。

何百年前に生まれたのか定かではないが、キヨが生きていれば数百歳だ。

若い子供を保護するのは、判断力が備わっていないからであり、外見が若くとも成人年齢を過ぎているのであれば、判断力に問題はない。

そして人間よりも成長が早い白蛇の半妖だと考えれば、身体的にも問題はないかもしれない。

——口を出す理由は、無さそうか。

両者が合意して契約を交わし、判断力と身体にも問題がない以上、制止する理由はない。

残る問題は、キヨを使役するだけの力が晴也にあるのかである。

「これ以上の式神契約はしないと思うが、移動日を除いて三日間の予定だったから、念のために明日と明後日も様子見して、その後に解散で良いか」

キヨの力を推し量れなかった一樹は、安全策を取った。

人化する白蛇は、日本ではあまり聞かないが、中国では重く扱われている。人類創造の女神が、蛇身人首の女媧《じょか》であることと無関係ではないのだろう。

蛇の妖怪が人類創造の女神・女媧と関連するのであれば、大変な力を有する。

一樹の懸念に対して、陽気な晴也は気軽に応じた。

「おう、ええで。明日は一樹の式神探しに行くか？」

「別に行かなくて良い。念のために様子を見たいだけだ」

かくして一樹と晴也は、様子見を兼ねて、前日に宿泊した所よりも高いホテルに逗留した。

長時間を過ごすのであれば、安さを競う最低限のホテルよりは、快適なホテルのほうが良い。

晴也が持ち込んだ二つの依頼で、それなりに報酬も入る一樹は、高いホテルに替えて良かったと思った。

貧乏生活が長かったために、高い物に対しては躊躇う気持ちもあるが、節約しすぎて仕事に差し障りがあるのも問題だろう。

ホテルの変更によって、夕食も大きく変化した。

「こんなお料理、見たことが有りません」

キヨが目を丸くしたのは、宿泊プランに付随する夕食の懐石料理だ。ノンアルコールの食前酒と先付に続いて、お造りにアワビや中トロ、鯛、赤身、イカなどが並んだ。

焚合せはハモの煮付けで、焼き物に牛肉のステーキ、揚げ物が出て、ご飯と汁物に香の物、水物も付いてくる。

高いところに泊まれば、料理も値段相応に質が上がる。

然《さ》もなくば客が来なくなって、廃業に追い込まれる。

あまり高い物を食べたことのない一樹は、値段相応の質を信じたうえで、食べ盛りの男子の勢いで掻き込むように平らげていった。

その向かい側で晴也は、宿泊人数外のキヨを実体化させて隣に座らせ、自分の料理を小皿に分けてはキヨに与え、仲良く夕食を共にしていく。

「まるで二人は夫婦だな」

「おう、そう見えるか」

一樹が兄妹のようだと言わないのは、キヨが怨霊化した経緯に配慮したからだ。

一樹の指摘に対して、満更でもなさそうな晴也は笑みを溢し、キヨは照れて俯きつつも嬉しそうだった。

両者の相性は、とても良さそうに見える。

性格的な相性は、使役する上で影響が大きい。晴也が夕氷の使役に失敗して、キヨの使役に成功したのも、相性の良し悪しが多分にあった。

一樹の場合は呪力の大きさで補えるが、そんな一樹でも相性の悪い妖怪は使役しない。

相性が悪ければ反発されて、それを術で抑えるために消費する呪力が大きくなるからだ。逆に相性が良ければ反発されないので、消費する呪力は小さくて済む。

陰陽道系の式神契約は、鬼神・神霊を呪力と術で使役する。

呪力が契約金額、術が契約書、相性は甲乙の関係だ。

晴也は相性の良さから契約を結べたが、相性だけで式神の格に伴う負担が、完全に消え去るわけではない。

もちろん相性は大きく影響しており、キヨがC級程度であったならば、晴也は呪力の大半と引き換えに、力の消費を最低限に抑えてくれるキヨを扱えただろう。

――C級くらいなら良いけどな。

そんな一樹の願いは、案の定、叶わなかった。


朝食のバイキングで会った晴也は、保有していた呪力を消費して、それを補うために体力まで消費して、まるで徹夜明けのように疲労困憊していた。

前日に浜辺で作業しているし、温泉旅館での仕事後に帰宅せずの活動でもあるが、それにしても疲労の度合いが激しい。

式神となったキヨの格が、晴也の呪力と釣り合っていないのは、最早明らかだった。

「晴也、呪力の消費が大きいように見えるけど、式神は霊体に戻して、影に仕舞えば、消費を軽減できるはずだろう。どうして節約していないんだ」

節約したからと言って、消費がゼロにはならない。

現代の様々な契約に例えれば、維持するための基本料と、使用するたびに追加でかかる使用料の二種類が有るようなものだ。

だが影に仕舞っておけば、基本料金を払うだけで済む。

「影の中は嫌だ、と、言われたんや」

夢うつつな答えが返ってきて、一樹はもう駄目だと確信した。

現在の晴也は、怨霊に取り憑かれたような状態になっている。

二人は遠からず、氷柱女と結婚した旅館の亭主のような状態になるだろう。

それを防ぐには、式神契約の破棄しかない。

――晴也を連れて逃げ出したいところだが。

キヨは晴也に張り付いており、逃げ出す隙がない。

常時顕現しているのであれば、トイレに行って離れている間に逃がせるかもしれないが、キヨの執着度合いから考えれば、失敗する可能性のほうが高そうだ。

「朝食後、ホテルを出るぞ」

ホテルを出る判断は、二人の破綻が迫っており、キヨに暴れられてホテルが損壊すると賠償金が痛いからだ。B級下位の力を持つ水仙が抑え込もうにも、キヨは撥ね返す恐れがある。

これほど強大な力を持つ白蛇の怨霊の正体について、一樹は一つだけ心当たりがある。

和歌山県には、猩々よりも有名な妖怪の伝承がある。

それは、安珍《あんちん》・清姫《きよひめ》伝説だった。

◇◇◇◇◇◇

晴也の式神を探すこと二日目。

ホテルを出た一樹はタクシーを呼び、晴也とキヨを連れて、同じ田辺市中辺路町真砂《なかへちちょうまなご》に流れる富田川のほとりまでやって来た。

「安珍・清姫伝説の初出は、西暦一〇四〇年から一〇四四年に書かれた『法華験記』だ。色んな書物や芸能があるけど、概ね整合できる」

安珍・清姫伝説は、まとめると次のとおりだ。

昔、和歌山県田辺市中辺路町真砂に、荘司（荘園の管理者）の藤原左衛門之尉清重という者が居た。清重は妻に先立たれ、子供の清次と共に暮らしていた。

ある日、清重が散歩していると、黒蛇に呑まれている白蛇を見つけた。

白蛇を哀れに思った清重が助けると、数日後に白蛇の化身である白装束の女が宿乞いをしてきて、そのまま清重と夫婦の契りを結び、妻となった。

やがて白蛇の化身である妻は、清姫を生んだ。

それから一三年後の西暦九二八年の夏頃、岩手県出身の安珍なる僧が、和歌山県で熊野参詣の道中、清重に宿を借りた。

安珍は容姿端麗な男で、清姫から懸想される。

言い寄られて困った安珍は、熊野参詣後に再び立ち寄ると口約束して旅立ち、戻らなかった。

誰彼構わず聞いて捜し回った清姫は、安珍を追いかけて見つける。だが清姫の姿を見た安珍は、逃げ出した。

日高川を渡し船で逃げる安珍に対し、清姫は大蛇に変じて追いかける。道成寺《どうじょうじ》に逃げ込んで、鐘の中に匿われた安珍は、清姫に鐘ごと焼き殺された。

やがて二人は蛇に転生して、道成寺の住職に供養を頼んで成仏する。


一三五九年、鐘を再び鋳造しようとした道成寺は、清姫の怨霊に妨害された。蛇に変じた怨霊が、鐘を引き摺り下ろし、鐘の中に入り込んだのだ。

寺は鐘を取り付けたが、不穏な音が続いたため、やむなく鐘を打ち捨てた。

一五八五年、豊臣秀吉が紀州征伐を行った際に家臣が山中で鐘を見つけて、怨念を解くべく、京都市の妙満寺《みょうまんじ》に鐘を納めている。

清姫の墓は、故郷である真砂の富田川のほとりに石塔が建てられた。

石塔の横には、清姫之墓と刻まれた石碑があって、『煩悩の焔も消えて今ここに眠りします清姫の魂』と書かれている。

「石碑は、怒りが消えたから建てたんじゃなくて、他人が勝手に消えたと決め付けて、安心したかっただけだろうな」

蛇は、恩も執念も深いから……とは口にせず、一樹は墓前まで連れてきたキヨに語り掛けた。

一一〇〇年も前の昔話だが、自らの墓を眺めた怨霊のキヨは、やがて泰然自若と首肯した。

「あたしが居ますから、そうなりますね」

一樹が想像したとおり、キヨは伝説の清姫であった。

人が隠れた巨大な青銅の鐘に巻き付いて、融解させられる大蛇の清姫は、氷柱女とは比較にならないほどに強いだろう。

ほかにも色々なことが出来そうだが、人間を殺すだけであれば造作なさそうだ。

清姫の母であった人化する白蛇は、齢千年を超える白蛇の精が、仙術を会得して至る存在だとされる。

白蛇の能力に関しては中国の記録を頼るしかないが、日本では同格の存在として、齢千年を超えて神通力を得た仙狐《せんこ》がある。

神通力を会得した仙狐は、人界にあっては最強の狐だ。

位が一つ下とされ、五〇〇年から九〇〇年を生きる気狐《きこ》の一人が、日本陰陽師協会に属しているA級三位。仙狐や白蛇は、それよりも強いかもしれない。

それでは白蛇の半妖で、仙術を会得していないキヨは、どの程度だろうか。

修行していないにしても、怨霊として齢千歳を過ぎたキヨは、力がA級に達するか、準じるかはしているだろう。

――狐よりも蛇のほうが、戦闘型の生き物だ。A級の強さは有るか。

一樹はキヨの力について、まともな修行は行っていないが、怨霊として一一〇〇年も存在した点を考慮して、A級だと見積もった。

キヨに対しては、B級上位の牛鬼を前面に押し立てたところで、勝利できるとは思えない。

そして今から一樹が代わりに使役しようとしても、そもそもキヨが求めているのは式神契約ではないので不可能だ。

それは相性の問題であり、もはや晴也しか適合者がいなくなっている。

だがD級の晴也が有する呪力程度では、キヨを式神として維持できない。

「結婚すると嘘を吐いた安珍は、悪い男だとして……」

キヨが怒って暴発しないように、一樹は逃げた安珍が悪い男と断言しつつ、対策を考えた。

手持ちで最大の戦闘力を有するのがB級上位の牛鬼である一樹は、より強い力を持つキヨと争えば負ける可能性が少なからずある。

敗北は死とイコールであり、力での排除は試みられない。

A級陰陽師を複数呼べば排除できるかもしれないが、下手な動きをすれば知能が低くないキヨは気付くし、A級を呼び集める前に晴也が衰弱死する。

だがキヨは、人との対話が可能な白蛇の半妖だ。

一樹は自身がリスクを負わず、晴也も焼き殺されず、衰弱死もしない方法について思い付き、キヨに交渉を試みた。

「晴也はキヨさんを捨てず、大切にすると約束した。その約束を守れば、晴也を害さないということで良いですか」

「それは勿論です」

キヨは当然だとばかりに、力強く主張した。

それならば、交渉が成立する余地もある。

陰陽師の一樹は、怨霊であるキヨとの妥協点を模索した。

「晴也は式神じゃなくて、可愛い彼女が欲しかったんだろう。本音では、彼女ではなく、結婚したいと思っていた。この際、使役する式神契約は諦めて、別の契約、キヨさんと夫婦の契りを結んだらどうだ」

「……何だと⁉」

疲労して虚ろだった晴也が、驚きの声を上げて反応した。

あまりにストレートすぎる物言いだっただろうか。

だが晴也はそれを望んでいたし、逸話が正確であるならばキヨも同様に望んでいるはずだ。それが最善だと確信した一樹は、勢い良く晴也に畳み掛けた。

「キヨさんは、霊として自立してきた。だから使役ではなく、そのまま晴也に取り憑き、気の吸収を最低限に抑えてもらえば、陰陽師の呪力を持つ晴也なら衰弱しない」

晴也が浮気せず、大切に扱えば、その分だけ任意の協力を得られる。

式神としての使役ではなく、背後霊のように取り憑いて、勝手に協力する存在とするわけだ。

「使役ではなくて、夫婦間での任意の協力だな」

晴也が衰弱死せず、キヨも納得するには、それしかない。

夫婦と聞いて大人しくなったキヨに対しても、一樹は畳み掛けた。

「キヨさんも式神に為りたいのではなく、捨てられず、大切にされたいのだろう。晴也は式神契約してくれと言ったが、式神化する約束は果たしたし、ずっと式神契約を続けるとも言っていない。次の段階が、夫婦になるわけだ」

最初に一樹は、晴也が約束は破っていないと念を押した。

次いで、現状のままでは不味いこと、ほかの道がより良いことを説明する。

「式神契約だと、晴也は呪力が足りなくて衰弱死するが、夫婦であれば約束を守って添い遂げられる。キヨさん、妻として、不甲斐ない夫の晴也を許してやってくれないか」

晴也を死なせないためには、キヨに売り飛ばすしかない。

医者が壊死《えし》した部位を切除して患者を救うように、一樹は陰陽師として、取り憑かれた晴也を救うための判断を下した。

「晴也、お前は衰弱していて、このままだと残り数日の命だ。ほかに助かる方法はない。お前は独身で、ほかに彼女も居ない。今がチャンスだ。さあ、キヨさんに結婚を申し込め」

本当に彼女が居ないのかは、一樹も知らない。

夕氷に振られていたので、多分居ないと思っただけである。

一樹は晴也の身体を九〇度回転させてキヨに向け、困惑して大人しくなっているキヨのほうへと軽く押し出した。

そして早く申し込めとばかりに、晴也の背中を軽くバシバシと叩いた。

はたして憔悴《しょうすい》している晴也は、やがて必要な言葉を口にした。

「………俺と結婚してください」

「はい、あなたの妻になります」

かくして陰陽師の晴也は、A級の強大な怨霊を結婚という契約で縛った。

結婚が成立したのを確認した一樹は、両手を上げて無言のままガッツポーズをした。そして直ぐさま、二人に向かって指示を出した。

「結婚おめでとう。晴也、奥さんとの式神契約を解除しろ。奥さんは、旦那さんとの式神契約の解除後、ちょっと弱っているから、優しく取り憑いてやってくれ。いや目出度い、実に目出度い！」

「……ああ」

「分かりました。どうぞ解除してください」

晴也とキヨの合意によって、式神契約が解除された。

すると晴也に掛かっていた多大な負担が、瞬時に消え失せる。途端に晴也が蹌踉《よろ》めいて、その身体をキヨが甲斐甲斐しく支えた。

強引に「めでたしめでたし」で纏《まと》めた一樹は、晴也の式神探しには二度と協力しないと、固く心に誓ったのであった。

第四話　二隻の幽霊船

「ようやく帰って来られたなぁ」

二月下旬、二件の仕事と式神探しを終えた一樹は、居候先である蒼依の家に帰ってきた。

沙羅の引っ越しは、すでに終わっていた。

蒼依の家の一階部分にある6ＬＤＫのうち二部屋が、沙羅の部屋になっていた。一部屋が私室で、もう一部屋が陰陽師としての準備室である。

当初の予定では一部屋だったが、それよりも増やされていた。

――温泉旅館で、蒼依に譲った結果かな。

残る四部屋は、繋がっていた二部屋の襖を外して事務所となった。

事務所に関しては四人分の机や椅子、棚などが入れられている。

そして最後の二部屋は、一先ず客室となっている。

かくして蒼依の祖母である山姥が住んでいた痕跡は、概ね塗り潰されたのであった。

二階の4ＬＤＫは、三部屋が蒼依で、一部屋が一樹の部屋だ。

充分に成長した八咫烏達は、出入りが自由な納屋に移って久しい。

納屋にはライブカメラも置いてあり、定期的に一樹のチャンネルで生配信を行って、近隣住民からは餌代として投げ銭が送られたりもしている。

応接間や物置は別にあり、殆ど依頼を受けない陰陽師の事務所としては、充分だろう。

『あれ〜、ボクの部屋はどこかなぁ』

「そんなものは無い。ちゃんと大家さんに媚《こび》を売らないからだ」

水仙は媚を売らないどころか、温泉旅館では蒼依の邪魔をしている。

お仕置きは行われたが、まだ蒼依は怒っているだろう。

当面の間、水仙の要望は通らないだろうと判断した一樹は、水仙に与えられる物を列挙した。

「事務室に専用の机と椅子、棚は用意してある。支度金とバイト代も払うし、物置には私物を置けるスペースも作る。一先ずそれでどうだ」

『ダーリンと同室になるよって言って、客室を一つ貰おうかな』

即座に水仙は、蒼依が妥協せざるを得ない説得方法を思い付いた。

おそらく水仙にも、客室が一部屋は与えられるだろう。

その代わりに二階への立ち入りには、制限を掛けられるかもしれないが。

『いつか大きな事務所を構える時は、最初からボク専用の部屋も作ってね』

「大きな事務所を造れたらな。その気は、まったく無いけれど」

そもそも一樹は、事務所を大きくする意思を持っていない。それは自分の事務所で、殉職者を出さないように、一樹自身がすべての依頼に行きたいと思っているからだ。

一樹自身が現地に赴けば、絡新婦や清姫のようなイレギュラーでも、呪力でゴリ押しが出来る。呪力で回復可能な牛太郎や水仙を盾にする間に、紙の式神を大量に放って、押し切るのだ。

相手に勝てなくても、巨大な鳩の式神に乗って、飛んで逃げてしまえば良い。

蒼依は一樹自身の式神でもあるし、沙羅は総合的に鑑みて迎え入れたが、特別な理由でもない限りほかの誰かを受け入れる気は無かった。

したがって一樹にとって事務所は、現在の大きさで充分なのだ。

「俺が事務所を大きくしなくても、ほかの陰陽師は自分達で事務所を造って、各自の判断で勝手に依頼を受けるだろう。うちは出来る範囲で、それなりの収入を得られれば充分だ」

特殊技能を持つ陰陽師の収入は、中々に高い。

自衛隊が火力で対応できない霊的な存在は、陰陽師に頼るしかない。

B級陰陽師がC級妖怪を一体倒せば、一億円くらい稼げる。

税金は取られるが、そんな仕事を数件熟《こな》せば、生活して行くには充分なのだ。

『でもB級陰陽師だと、国から断れない依頼が来るかもね』

「……嫌なことを言うんじゃない」

腰の重い国が動く時は、それなりに情報が入った後だ。

一樹としては、危ない相手であれば「自分の手には負えない」と言って、依頼を断りたい。

そもそも陰陽師は、民間人だ。

明治政府による西洋近代化政策の一環として、陰陽寮は廃止されている。

近代化の際に「兵器で鬼を倒す時代に入った」と、声高に叫ばれたのだ。

したがって陰陽師が国の指揮下にないのは、ほかの誰でもなく、国自体の責任である。


結局のところ銃火器では、霊的な存在に対処し切れなかった。

一律に効かなかったわけではないが、どうやっても倒せない妖怪も居た。

だが、お上に逆らえなかった陰陽師達が側面から支えた結果、当時は結果的に対処できた。

やがて大正、昭和と時代が進み、高度経済成長が始まった頃からは「お上のご意向」に従わない陰陽師が増え始める。

そこで陰陽師への報酬が上がって、均衡が保たれて現代に至った。

あくまで民間人にすぎない陰陽師には、従軍義務は無い。

ただし、報酬が高くて仕事を引き受けることもある。

食生活が改善しており、元々の極貧生活から物欲も少なくて、陰陽寮を廃止した相手に従う意欲にも乏しい一樹に対して、水仙は影で肩をすくめた。

◇◇◇◇◇

「お帰りなさいませ、主様。安倍さんの式神探しは、如何でしたか」

一樹が帰宅すると、気の繋がる蒼依が直ぐに気付いて、出迎えた。

「完全に想定外の事態になったけど、結果だけを見れば上々かな」

晴也はA級の妖怪を、結婚という契約で従えた。

キヨは一一〇〇年ほど昔の人間で、当時は妻が夫に従うのが常識だった。

その結果として、D級陰陽師の晴也は、実質的にA級妖怪を使役できるようになった。

キヨの戦闘力を考えれば、晴也の戦力はA級陰陽師にも値する。

リビングに入って蒼依からコーヒーを受け取った一樹は、蒼依と顔を出した沙羅の二人に、式神探しの顛末《てんまつ》を語った。

「清姫の怨霊を使役したのですか」

驚く蒼依に、一樹は若干の訂正を行った。

「正確には使役ではなくて、夫婦になって任意に協力させる形だ」


使役と任意の協力は、呪力消費の有無という点において、大きく異なる。

晴也はD級陰陽師であり、普段使いをするならば、D級妖怪までが限界だ。

自分よりも力の強い妖怪を使役すること自体は、陰陽師が工夫すれば出来る。地脈や霊物、陣の力を使って、契約時に呪力を補えば良い。

だが術者の呪力が尽きれば反抗される恐れがあって、おいそれとは使役出来ない。

それに対して任意の協力であれば、まったく制約がない。

D級陰陽師であろうとも、A級妖怪から協力を得られるのであれば、A級の活躍が出来る。

晴也は行使できる戦力として、A級であるキヨの力を手に入れた。

「式神として使役は出来ないが、協力してもらえる点では、実質的には同じかもしれない。晴也は直ぐに、B級陰陽師には上がると思う」

「陰陽師の昇格は、どのように判断されるのですか」

陰陽師の昇格条件について、陰陽師ではない蒼依は、あまり詳しくない。

陰陽師国家試験におけるD級、E級、F級の認定は、基準が明確だった。

三時間以内に霊符六枚を作成し、それが一定の基準を満たせばE級ないしF級となって、E級の受験生同士で対戦して勝てばD級になる。

それでは認定された後、次のランクに昇格するには、何が必要なのか。

一樹は簡潔に説明した。

「妖怪を単独撃破した実績と、支部や上位の陰陽師からの推薦で上がれる」

D級上位の妖怪を倒して、支部や上級の推薦があれば、C級認定される。

C級上位の妖怪を倒して、常任理事会で承認されれば、B級認定される。

「陰陽師のランク評価は、妖怪が出た時に対処させる指標になります。明確な実力を示したにも拘わらず、ランクを据え置かれることは有り得ませんので、安倍さんは上がっていくと思いますよ」

沙羅が補足したとおり、陰陽師のランクは共同戦線を張るほかの陰陽師や自衛隊、国民の安全に直結する。

好き嫌いでランクを上げないなど許されず、明確な力が有れば確実に上がる。

一樹が国家試験でC級に上がったのは、相応の力を示したからだ。

衆目の前で行われたエキシビションマッチで、明らかにC級の実力を持っていた沙羅と紫苑の双子に無傷で勝っている。

またB級に上がったのは、実績を示したからだ。

青森県の依頼で自衛隊との共同作戦を行い、C級上位の水仙を単独撃破したほか、A級中位からC級上位までの絡新婦多数を五鬼童と共に撃滅した。

五鬼童家からの推薦はあったが、それがなくともいずれ昇格していたのは間違いない。


晴也の場合も同様で、D級上位の妖怪を何度か倒せば、C級陰陽師に上がる。

そしてC級上位の妖怪を何度か倒せば、B級陰陽師に上がるだろう。

一樹が知る陰陽師の昇格は、そのようになっている。

「晴也は、妖怪を調伏する実績を積めば良いわけだ。今回の報告はB級陰陽師の俺も出すから、あとは実際に倒せたという実績を積めば、昇格するだろう」

キヨは一一〇〇年も保った白蛇の半妖の怨霊で、かの有名な清姫だ。

一樹が知覚した戦闘力は、B級上位の牛鬼を超えていた。

あとは晴也が上手く従えさせられれば、B級妖怪であろうと倒せると考えられる。

「安倍家だし、B級の統括陰陽師は務まるだろう。先にA級へ昇格されると、呪力が多かったのに負けた同期の立場として、複雑な心境になりそうだけど」

Ａ級陰陽師とＢ級陰陽師では、Ａ級のほうが上だ。

非常事態で現場に赴いた時、指揮出来るのは序列の高いほうである。

「それなら依頼を受けて、先にＡ級へ上がりませんか」

戦場で晴也に指揮される未来を思い描いた一樹が、微妙な表情を浮かべたところ、そんな様子を窺っていた沙羅が提案した。

「依頼って、五鬼童経由で何かあるのか」

「うちは陰陽師としての歴史が古い家ですから、色々なところから依頼が来ますよ。Ａ級相当で、安全な依頼もあります」

「Ａ級で安全な依頼なんてあるのか」

一樹は五鬼童家が、絡新婦から助けた御礼で良い依頼を回してきたのだろうかと考えた。

五鬼童家と春日家を助けた件は、沙羅から一樹に出された救助依頼のついでに行ったものであり、契約相手は沙羅だけだ。

だが義理堅いことで有名な五鬼童一族が、助けられて知らん顔をするはずもない。そんなことをすれば、今後ほかの陰陽師からも助けられ難くなる。

沙羅の伯父であるＡ級陰陽師の五鬼童義一郎らは、借りを返そうと考えるだろう。

この場合は、簡単な内容でありながら、Ａ級の仕事に相応しい大きな報酬と、相応の実績獲得が期待できる。

――A級に上がれば、穢《けが》れを祓うのに都合の良い依頼も回ってくるかな。

昇格について一樹は、「お膳立てされたい」と思っていたわけではない。

だが絡新婦を倒したのは、一樹の実力で間違いない。

呪力は閻魔大王から得たものだが、地獄で筆舌に尽くしがたい苦しみを経た一樹が、補償として正当に得たものだ。

また呪力を扱う陰陽術は、輪廻転生後にしっかりと学んだ結果として習得している。

一樹自身が有する力によって五鬼童家を助け、五鬼童家が借りを返すというのならば、敢えて断わる理由もない。

――昇格したほうが都合も良いだろうし、受けておくか。

五鬼童家のお膳立てについて、一樹は受けることにした。

「ちなみに、どんな依頼だ」

「幽霊船を除霊する手伝いです」

幽霊船は、世界中で目撃される幽霊で、日本では船幽霊とも呼ばれる。

幽霊船の時代や形状は、実に多様だ。千年以上前の手漕ぎの船、大航海時代の帆船、近代の蒸気船、第二次世界大戦中の軍艦などと、全世界で幅広く出現する。

共通するのは船であり、船と呼ばれるものであれば何でも出る。

幽霊船員、あるいは船亡霊も、一般人、漁師、海賊、軍人など、海で死んだ者であれば、多様に出現する。

船は、ボロボロの姿もあれば、綺麗な姿もある。

そして帆船でも、海上を風に逆らって進むなど、幽霊らしく物理的には不可解な動きもする。

日本で有名な船幽霊は「ひしゃくを貸せ」と言い、ひしゃくを貸すと、それを使って船に水を入れて自分達の仲間を増やそうとするタイプだろう。

その際、『底の抜けたひしゃく』を貸せば、船を沈められなくて諦めると伝えられる。

怨念に囚われた幽霊などは、何かに拘って、視野が狭くなっている場合がある。

他方、賢い船幽霊の中には、沖で火を焚き、昔の灯台代わりにして、船を惑わすこともある。

そんな船幽霊に惑わされて殺されると、仲間に引き込まれてしまうそうである。

「海の依頼は、足場の船が沈没すると危険じゃないか」

「幽霊船は日本の船で、同じ所属の船で行けば、仲間だと思って攻撃しないそうです」

お膳立てを確信した一樹は、僅かに考えた後、依頼を受けた。

◇◇◇◇◇◇

「乗船資格者の制限が厳しくて、蒼依が乗れなかったのは残念だな」

三月一日に中学校の卒業式を終えた一樹は、翌々日に幽霊船を除霊する仕事の補助を紹介されて鹿児島県まで移動し、海上保安庁の『しゅんこう型巡視船』に乗船して、現場海域付近へ向かうことになった。

海上保安庁とは、大雑把には海の警察官だ。

任務は『海上における犯罪の予防および鎮圧、海上における犯人の捜査および逮捕』であると、海上保安庁法第二条第一項に定められる。

活動内容は幅広く、救助要請に応じることもある。

そんな海上保安庁の巡視船が救助に赴き、民間船一隻と共に沈没し、幽霊船になってしまった。

海の警察も、幽霊船の除霊は流石に門外漢であり、今回の依頼が発生した次第であった。


依頼を受けた一樹だったが、参加者には制限があった。

ヘリコプター二機搭載型巡視船で現場海域近くに赴き、そこから大型ヘリコプターで現場まで飛ぶ予定だが、陰陽師の国家資格を持たない蒼依は駄目だと、依頼主から制限を受けたのだ。

『陰陽師ではない人間を連れて行って、もしも除霊で事故に遭えば、海上保安庁が困る』

そのように言われては、一樹も従うしかなかった。

「申し訳ありません」

「いや、沙羅のせいではないだろう。帰りにお土産を買っていこう。鹿児島の名産って何かな」

一樹がパッと思い浮かぶ範囲ではサツマイモ関係だったが、蒼依はサツマイモのお菓子を貰って、喜ぶだろうか。

何も無いよりは良いだろうが、大喜びするとも思えない。一応、買って帰るとして、ほかにも何かが必要に思われた。

「ちなみに沙羅は、何を貰ったら嬉しいんだ」

「蒼依さんにプレゼントする物を、私に聞いたら駄目ですよ。逆の場合も、蒼依さんに聞いたら駄目です。一樹さんが自分で選んでください」

いっそのこと、各駅でお土産を買い漁りながら帰ろうか。

そんなふうに悩みながら、一樹は依頼を回した五鬼童家と合流した。


五鬼童家からの参加者は、A級陰陽師で沙羅の伯父の義一郎、B級陰陽師で義一郎の次男の義友、同じく長女の風花、C級陰陽師で沙羅の双子の妹の紫苑だった。

義一郎は、着こなすのが難しいえんじ色（黒みをおびた深く艶やかな紅色）のスーツが似合う、いかにも品の良い中年男性だ。

その息子である義友は、筋肉質で体格が良く、短髪のスポーツ青年だ。一樹よりも八歳年上で、これから絶頂期に入る力強い鬼の印象を受ける。

娘の風花は、ミディアムボブの華やかな女子大生だ。紫苑を大雑把な性格にして、朗らかに成長させると、風花のようになるだろうと思わせる。

沙羅の父親は、絡新婦との戦いで重傷を負い、妖毒も受けて療養中である。

依頼を受けた義一郎は、息子と娘にくわえて、姪の沙羅と紫苑、そして一樹に実績と経験を積ませようと企図したらしい。

合流して移動する最中、義一郎は一樹と沙羅に対して、依頼の詳細を説明した。

「事故は、太平洋沖でクジラ漁を行っていた捕鯨船団が、クジラと間違えて海竜の子供に銛を打ち込んだことで発生した」

事故があったのは、一樹が受験勉強をしていた冬まで遡る。

国際捕鯨委員会を脱退した日本は、現在捕鯨を行っている。

捕鯨は、捕鯨母船と呼ばれるクジラを引き上げて処理・加工する母船と、キャッチャーボートと呼ばれる船が装備した捕鯨砲でクジラに銛を打ち込んで捕まえる船が船団を組んで行われる。

そしてキャッチャーボートが、クジラと間違えて海竜の子供に銛を打ち込む事故が起きた。

「後から分かったが、海竜の子供は、クジラの中に紛れて遊んでいたようだ。ソナーを使っても、判別出来なかったそうだ」

「それは、事故も不可避だったでしょうね」

義一郎の説明に、一樹は頷いた。

人間は海中まで見えず、魚群探知機などであたりを付けるしかない。

クジラの群れの中に、たまたま子竜が紛れ込んでいたとして、見分けるのは不可能だろう。

いくら気を付けていても、避けられない不幸な事故はある。

「銛を撃ち込まれた子竜は、海中で藻掻き苦しみながら泣き叫び、母竜を呼び寄せた。そして銛を打ち込んだキャッチャーボートは、状況を理解する間もなく、沈められた」

一樹が渡された資料には、キャッチャーボートの詳細が記されていた。

船体は全長七〇メートル、全幅一一メートル、乗員二〇名。

シロナガスクジラの二倍以上も全長を誇る巨大船であり、クジラが相手であれば沈められないが、母竜はシロナガスクジラよりも大きくて、遥かに強かった。

海竜を倒そうと考える人間が居ないので強さは不明瞭だが、ランクはS級に分類されている。

怒り狂った母竜に襲われて、キャッチャーボートは沈められた。

標的がキャッチャーボートであったために母船は無事で、母船が海上保安庁に救援を求めた。


最初に現場海域に到着したのは、PL二〇〇『みやこ型巡視船』だった。

みやこ型巡視船は、全長一一七メートル、最大幅一四・八メートルの巨大船だ。

乗員は四二名。ディーゼルエンジン四基で、速力二五ノット以上。

武装は、船の前部と後部に七〇口径四〇ミリ機関砲を一門ずつ備えており、追撃、並走、撤退のいずれを行っていても、相手に砲撃できる。

巨大な海竜に対して、小型の巡視船では危険だと考えられたことから、必然的に救助へ赴いた。

そして現場海域に到着して、キャッチャーボートの乗組員を救助しようとしたところ、S級の母竜に沈没させられてしまった。

三〇階建てのオフィスビルに匹敵する巨大船でも、怒れる母竜には耐えられなかったのだ。

「救助に駆け付けた巡視船が沈没させられて、救助活動は不可能となった。捕鯨母船は辛うじて逃げ帰ったが、キャッチャーボートと、みやこ型巡視船は、帰還できなかった」

当時は大ニュースになったので、受験であまりテレビを見ていなかった一樹も、多少は内容を見聞きしている。

高い戦闘力を有する巡視船が海竜に沈められた事故は、世間の耳目を集めた。

だが事故の被害は、それだけに留まらなかった。

銛を突き刺されて引き摺られ、藻掻き苦しんだ子竜が溺れ死んだことにより、怒り狂った母竜の呪詛と怨念が、両船に浴びせられた。

そして沈められた両船は、幽霊船と化した。さらに悪いことに、幽霊捕鯨船に銛で繋がれた子竜まで、霊体と化してしまったのだ。

「動画を見たまえ」

義一郎は一樹に対して、ノートパソコンを差し出してきた。

沙羅と並んで座っていた一樹は、座席前にある机を出してノートパソコンを置き、イヤホンの片方を自身の耳に、もう片方を沙羅の耳に着けさせた。

すると一樹と沙羅に視線を向けた紫苑が、不機嫌そうに視線を逸らした。

——何が不満なんだ。

一樹と沙羅が一緒に居る姿を見る紫苑は、終始不満そうである。

これまでずっと一緒だった半身を取られたことが嫌なのか、それとも姿が瓜二つの沙羅を自身に重ねて複雑な気分に陥るのか。

ほかの五鬼童家の人々も居るので追及を避けた一樹は、動画を再生した。動画には、幽霊捕鯨船と化したキャッチャーボートの甲板に立つ、船長らしき幽霊捕鯨船員が映っていた。

真っ白な肌の船長は、同様に白い周囲の幽霊捕鯨船員達に叫んだ。

『がはは、大物が掛かったぞ。引き上げろぉ！』

『『『いぇあっ、大漁だあっ』』』

幽霊捕鯨船員達は悪乗りして面白おかしく盛り上がりながら、銛を巻き上げていく。

すると子竜の霊が海上に浮かび上がってきて、苦しそうに甲高い悲鳴を上げた。

「直ちに止めなさい。君達のせいで母竜が怒り、周辺海域の民間船が何隻も襲われている」

幽霊捕鯨船の甲板に飛ばされたドローンから、海上保安庁の警告が発せられる。

すると幽霊捕鯨船長は、居丈高に答えた。

『何を言っている、儂等が捕まえたのは、クジラじゃあ！』

「君達は海竜の子供に銛を打ち込み、沈没させられたのだ。もう無駄なことは止めなさい」

海上保安庁から正論で諭された幽霊船長は、腕を上下に振って地団駄を踏んだ。

『いやじゃああっ。あれは、クジラじゃぁあっ。それ引き上げろ』

『『『いぇあっ、大漁だあっ』』』

悪霊化した幽霊捕鯨船員達には、話が全く通じていなかった。あるいは通じているのだとしても、受け入れる様子は皆無だった。

そんな幽霊捕鯨船の傍では、同じく幽霊と化した幽霊巡視船が、何処かに向かって、七〇口径四〇ミリ機関砲を撃っていた。

「映像にあるとおり、島国の日本は、海上輸送の危機に陥っている」

悪霊達の陽気な様子に、一樹はこめかみを押さえながら、溜息を吐いた。

◇◇◇◇◇◇

「任務のため、海上保安庁の制服に着替えてもらう」

鹿児島県に到着後、一樹達は巡視船で現場付近の海域へ移動することになった。

一樹が乗船したヘリコプター二機搭載型巡視船は、大型巡視船の中でも巨大だ。

全長は、捕鯨母船よりも大きな一四〇メートル。トン数は六七四二トンで、幽霊船と化した『みやこ型巡視船』の三九八七トンも大きく上回る。

その船上にて、義一郎から海上保安庁の制服に着替えるよう指示された。

「それを着ていけば、幽霊巡視船に攻撃されないのですね」

「そうだ。依頼を受けている間だけだが、陰陽師協会から海上保安庁へ出向の形で、陰陽師のランクに相当する階級も付与される。それは幽霊巡視船にも、伝えられる事になる」

「階級まで与えられるのですか」

「成功率を上げるためだ」

驚く一樹に対して、義一郎は当然だとばかりに頷いた。

陰陽師は長い歴史を持つ職種であり、霊体に対応できることから、自衛隊や警察と同様に目安となる格付けは行われている。

Ａ級＝将補、少将、警視長、一等海上保安監（乙）
Ｂ級＝一佐、大佐、警視正、二等海上保安監
Ｃ級＝二佐、中佐、警視、三等海上保安監
Ｄ級＝三佐、少佐、警部、一等海上保安正
Ｅ級＝一尉、大尉、警部、二等海上保安正
Ｆ級＝二尉、中尉、警部補、三等海上保安正

海上保安官の場合、大型船の船長が大佐、中型船の船長が中佐、小型船の船長が少佐にあたる。

幽霊巡視船となった『みやこ型巡視船』は大型船で、船長は大佐にあたる二等海上保安監だ。

キャッチャーボートに乗り込む陰陽師のトップである義一郎が、船長以下の階級であった場合、妨害を行う懸念も拭えない。そのためＡ級陰陽師の義一郎には、出向時の目安となる階級であり、船長より上位となる『一等海上保安監（乙）』が与えられた。

Ｂ級陰陽師の一樹は、一時的にだが、船長と同格の二等海上保安監となる。

こちらも幽霊巡視船からの妨害を避けるためだ。

二等海上保安監は、本庁課長、管区本部部長、海上保安部長、交通センター所長、航空基地長、大型巡視船船長など、相応の立場にある。

一時的にであろうと、これほど高い階級を与えるのは好ましくないだろう。

だが政府も海上保安庁も、この問題を解決しなければならない。

ひと手間をかけるだけで、任務の成功確率が上がるのだから、面子を理由として拒むことは出来なかった。

「分かりました」

一樹が着替える第三種制服は、海上保安官が冬季に着用する制服であり、三月は巡視船の船員が着用している。

一樹達は案内役の海上保安官に従って、男女別の船室へと案内されていった。

今回、作戦に参加するのは、次の陰陽師だ。

A級　一名　五鬼童義一郎
B級　三名　五鬼童義友　五鬼童風花　賀茂一樹
C級　二名　五鬼童沙羅　五鬼童紫苑

C級陰陽師の沙羅と紫苑は、三等海上保安監の階級を与えられている。

これは幽霊巡視船となった、みやこ型巡視船の船長よりも階級が低い。そのため調伏の際は、なるべく単独行動を避けるようにと指示された。

沙羅が着替える間、一緒に船室に入った従姉妹の風花が尋ねた。

「沙羅ちゃん、思い切ったことをしたよね。新生活は、どんな感じかな」

思い切ったこととは、親元を離れて、一樹と同じ高校と事務所に行ったことだ。

近年の五鬼童家は、本家に長男と次男を置いて、長男が本家を継ぎ、予備の次男が分家を作る形を続けている。

そのため次代は、義一郎の長男が家を継ぎ、次男が分家を興し、長女の風花が陰陽師の大家に嫁ぎ、沙羅の父である義輔はお役御免となる。

人数を増やし過ぎれば、五鬼童家が古来より受け継ぐ土地や財物、秘伝の修法、教育の手間暇、他家とのコネクションなどは、いくらあっても足りなくなる。

そのため継承者は厳選しており、本家嫡流を除けば特に教育せず、並の天狗であるC級程度の力が精々となる。

義一郎の弟である義輔は、一代限りの分家なのだ。

義輔がお役御免となった時、沙羅や紫苑には、二つの道がある。


一つ目は、政略結婚。春日家に嫁いだ弥生のような形となる。

二つ目は、自由に生きる道。五鬼童家からの支援は無いが、束縛も無い。

沙羅の行動は、一〇年ほど早かったが、五鬼童家での既定路線だった。

選択肢としては二つ目になるが、沙羅が掲げた「五鬼童家と春日家にとって命の恩人である一樹に恩を返す」という大義名分は、義理堅い五鬼童家にとって、否定できる内容ではない。

結果として沙羅は、二つ目を選びつつも、一つ目のような支援を受けられる立場となった。

もちろん五鬼童家も、借りの清算だけを考えているのではない。

一樹の呪力はA級であり、友好的な関係を結ぶ必要性も計算している。

そして沙羅を否定せず、自発的な行動を取らせることこそが、最善の結果に繋がるであろうと考えての現状となったのだ。

「順調ですよ。一樹さんの事務所に所属する陰陽師になりましたし、同居しています。先月は温泉旅行に行ってきました」

「にゅわんですとっ⁉」

猫のように瞳を大きく見開いた風花は、大口を開けて驚きの声を上げた。


五鬼童風花は、由緒正しきお嬢様だ。

ラフな服装にミディアムボブの髪型で、その辺の大手ハンバーガーチェーン店で、週五でバイトをしていそうな雰囲気を纏っている。

だがA級陰陽師が定席となっている五鬼童家は、コネクションが凄まじい。

叔父は陰陽師として、陛下の護衛をしていた。母方の叔父は、総理と一緒に仕事をしていた。

そういう次元で方々と付き合いがあり、知り合いを数人挟めば、全く話を通せないところは基本的には存在しない。

コネクションの維持には、五鬼童家が引退後に作る霊符も大きく影響している。A級陰陽師は最高位で、一位から三位が非人間かつ作らないので、五鬼童が作るものは国内最高だ。

納める先は上流階級でも由緒正しき家柄。

付き合いの無いところは地位や金があっても袖にしてしまえる。

風花は、知事でも出席者を配偶者までに制限されるパーティに参加できる。有名な画家からは、個展の招待状が届いて、行けば画家本人から案内される。

周囲のお嬢様が婚約者の話をしていたなら、さらに上と付き合いがある風花は、子供達が無邪気に戯れる様子を微笑ましく眺める感覚になる。

超お嬢様の風花は、五鬼童家の女性に示される二つの道の『一つ目』が既定路線で、『彼氏いない歴＝年齢』でもある。

面識を持つ婚約候補者は、大雑把に数人には絞られている。だが、未だ確定はしていない。

そんな乙女にとって、五歳年下の従姉妹が放った言葉は衝撃的だった。

「高校一年生だから、保護者と一緒だったんだよね⁉」

「いいえ、居ませんでしたよ」

「にぎゃあああっ！」

ブンブンと首を激しく横に振りながら、風花は目を瞑って悶えた。

そんな風花に対して、沙羅は魅惑的な笑みを浮かべて見せる。

「嘘でしょ。沙羅ちゃんが、先に大人になっちゃった……」

風花が呆然としながら、五歳年下の従姉妹に敗北した事実を受け入れる一方で、話を聞いていた紫苑は不機嫌そうに訴えた。

「どうせ一線は越えていないんでしょ」

従姉妹の風花を誤解させられた沙羅も、流石に双子の紫苑までは騙せなかった。

言葉の選び方や、あざとい言い回しが、紫苑には違和感を与えたのだろう。

指摘された沙羅は、舌を出して見せた。

「流石は紫苑、バレちゃうね」

「普通に分かるから」

不満そうな紫苑に対して、沙羅は軽く溜息を吐いた。

「ああ、良かった。びっくりした」

風花が懸命に落ち着きを取り戻そうとする中、不満げな様子を見せる紫苑に対して、沙羅は端的に尋ねた。

「紫苑は、一樹さんの傍に蒼依さんが居て、私も居るのが不満なんでしょう」

「別に。恩は恩だから、返せば良いじゃん。それ自体は否定してないし」

沙羅が風花の前で言及したのは、作戦を行うにあたり、仲間の一樹に対して紫苑が見せている不満を説明するためだった。それを受けた紫苑も、作戦自体に支障は無いと補足した次第だ。

風花に対する説明を行った沙羅は、紫苑に向かって微笑んだ。

「紫苑も、右手と左足が無くなったら、理解出来ると思うよ。利き腕が無いと、霊符も書けない。左足と松葉杖を持つ右手が無くて、まともに歩けない。片手だと、車椅子も動かせない」

沈黙した紫苑に対して、沙羅は畳みかけた。

「紫苑も絡新婦に、手足を斬り落とすって言われたんでしょう。そうされる前に、一樹さんに助けてもらっただけ。紫苑が同じ立場なら、私と同じ事をするよね。それどころか紫苑なら、もっと凄いことでもするんじゃない」

「もっと凄いことって、何だにゃ⁉」

聞き耳を立てていた凪花が、自らの妄想に耐え切れずに叫んだ。

一人悶え始めた凪花を放置した沙羅は、紫苑に訴えかけた。

「私が出した依頼の報酬は、私が払うから、紫苑は何もしなくて良い。でも助けられた紫苑は気にしているし、何もできないから不機嫌になっている」

「だから何」

内心を言い当てられたと感じた紫苑は、不機嫌さを露わにした。

そんな紫苑の反応など分かり切っていた沙羅は、紫苑の感情に対する解決方法を示すと共に、それに至るまでの問題点も挙げた。

「そんなに気にするなら、紫苑も一樹さんの事務所に来れば良いのに。でもネックは、お父さんだよね。『一人はやるが、二人はやらん』とか言いそう」

「あたしは行くなんて、言ってないんだけど」

微妙な否定をした紫苑に構わず、沙羅は大胆な解決策を示した。

「こうなったら一樹さんに、お父さんを倒してもらおうか。それで『絡新婦との戦いで、娘達は死んでいた。俺が守ってやるから、二人とも貰って行くぞ』って言ってもらうの」

「脳筋のお父さんが、受け入れてしまいそうな提案を、しないで」

憮然とした表情と共に、紫苑は双子の姉に抗議した。

なお船室の外では、女性陣の着替えを待つ男達が、声を掛けて良いものかと頭を悩ませていた。

◇◇◇◇◇◇

「本庁から派遣された、五鬼童義一郎一等海上保安監（乙）、以下六名だ。これより、悪霊化したキャッチャーボートの除霊を行い、子竜を解放する」

幽霊巡視船のヘリコプター甲板に降り立った一樹は、義一郎が幽霊巡視船長と向き合って答礼する後ろで、整列しながら敬礼した。

順番は右から、B級陰陽師の義友、風花、一樹、C級陰陽師の沙羅、紫苑となる。

乗船した幽霊巡視船は、幽霊船員の統制は取れているように見えた。

――生前の行動に準じているのかな。

幽霊海上保安官達は、幽霊巡視船に付随する地縛霊となっている。

そのため味方と認識する海上保安庁の巡視船や、海上保安官には攻撃しない。

だが彼らの基準で、何処かに向かって七〇口径四〇ミリ機関砲を撃っている。攻撃力はA級の怨霊であり、海域に陣取る危ない存在と化していた。

霊的な攻撃であろうとも、人間は霊的なダメージで簡単に死ぬ。四二名の幽霊巡視船員も、巡視船に配備されている二〇式五・五六ミリ小銃で銃撃できる。

武装した幽霊巡視船員の強さは、一樹が見積もるにE級中位の小魔程度だ。

人数が多く、船が無事なら復活するので、D級陰陽師でも調伏は危険となる。


彼らは、海上保安庁に出向している陰陽師は、受け入れられるらしい。

キャッチャーボートが子竜に銛を打ち込んで沈没したのは、幽霊巡視船員も生前に知っている。

そのため国家所属の陰陽師が、階級を与えられてやってくるのは、彼らも理解が及ぶ。

素直に受け入れてくれている間に、素早く問題を解決したかった。

「作戦行動を開始する。船長、本船を捕鯨船に接舷させてくれ」

『了解しました』

挨拶を終えた義一郎は、幽霊巡視船を幽霊捕鯨船に近付けさせ、乗り移った。

すると幽霊捕鯨船の船員達は、義一郎達に向かって、一斉に叫び出した。

『野郎共、敵が攻めてきたぞ！』

『『いぇあっ、敵だぁ、敵だぁ！』』

彼らの同意を得ずに船へ乗り込んだからか。それとも、生者から見た悪霊が恐ろしい存在に見えるように、悪霊から見た生者が忌々しい存在に見えるのか。

銛などを手にした幽霊捕鯨船員達は、乗り込んだ陰陽師達に襲い掛かった。

「幽霊捕鯨船員が、海上保安官に襲い掛かってきた事を確認した！」

キャッチャーボートの船員達が襲い掛かる姿は、接舷した幽霊巡視船からも見えている。

先に手を出したのは、キャッチャーボートの船員達である。

それを幽霊巡視船の船員達に知らしめて、幽霊捕鯨船員を庇う動きを制した義一郎は、殲滅《せんめつ》を号令した。

「調伏、開始っ！」

五鬼童の陰陽師達が、肉食獣が飛びかかるが如き俊敏さで襲い掛かった。

真っ先に吹き飛んだのは、幽霊捕鯨船長だった。

義一郎に薙ぎ払われた船長は、高速で吹き飛んで、船体に叩き付けられた。船長の身体は、硬い地面に叩き付けられたトマトのように、船上で爆ぜ散った。

だが爆散した船長は、幽霊捕鯨船が放つ妖気で瞬時に復活して、再び襲い掛かって来た。

『てめぇ、老い先短い老人に何てことしやがるっ！』

「お前はもう死んでいる」

戯言を切って捨てた義一郎は、再び迫る幽霊船長の腹を右足で蹴り飛ばし、サッカーボールのように海面へと蹴り落した。

すると今度は爆散しなかった幽霊船長は、波飛沫を立てて海中に沈んだ後、浮かび上がった。

『てめぇ、やりやがったな。ぶっ殺してやる』

怨念が深い姿は、まさに怨霊としての面目躍如であろう。

だが海面に浮かんでいては、攻撃が届かない。

それに海上に放り投げて、どこかに流れて行かれても迷惑だ。

「カヤ」

一樹が『頬撫で』の式神・カヤに呼び掛けると、意を得たカヤは、瞬時に弓矢の姿で顕現した。

カヤが生み出した矢を番えた一樹は、それを幽霊船長に向ける。

『おい小僧、年長者を敬わんか！』

狙われていることを察した幽霊船長が言い募るが、一樹は気にせず攻撃を放った。

『青龍ノ祓』

放った矢は、八咫烏達の中でも、木行を司る青龍の力だった。

一樹が多用するのは火行の朱雀だが、まさか海に火を放つわけにもいかない。

その代わりに射た木行の矢には、火行では膨れ上がる炎の呪力が、矢に圧縮されている。

その矢が命中した霊体は、吹き飛ばされるのではなく、高密度の呪力に抗う術もなく貫かれる。

体内に高密度の呪力を注がれては、並の妖怪では到底耐えられない。

射られた木行の矢は、まるで八咫烏が飛ぶかのように幽霊船長の身体に目掛けて飛んでいった。

そして見事に命中して、幽霊船長の霊体を射貫き、体内に高呪力を浴びせて消し飛ばした。

──カヤも命中を補正してくれるが、八咫烏達の力を使うと、勝手に飛んで行ってくれるな。

一樹に倒された幽霊船長は、すぐにキャッチャーボートで復活した。

『てめえら、なんてことしてくれる！』

「海竜に銛を打ち込んだのは、君達の落ち度だろう。死んだ後に、無関係な生者へ迷惑を掛けるのは、もう止めなさい」

最終的には祓えると確信する義一郎は、諭しながら幽霊船長の霊体を削った。

開始された船上での戦いは、幽霊捕鯨船に乗り移ったほかの四人と、残る幽霊捕鯨船員達との間でも繰り広げられている。

義友は、先に一声だけ掛けた。

「大人しく成仏しろ」

『『いぇあっ、獲物だぁ、巻き上げろ！』』

「そうか。もう良い」

呪力を乗せた殴打が放たれ、幽霊捕鯨船員の霊体に拳大の穴を穿《うが》つ。

幽霊捕鯨船員が有する妖力を遥かに超えた力は、霊体を軽々と吹き飛ばした。

一撃で霊体を掻き消した義友は、小さな蹴りで二体目を消し飛ばし、左手で三体目を握り潰し、右手の裏拳で四体目を破壊した。

幽霊捕鯨船員達は、消されるたびに幽霊捕鯨船の妖気で復活して、あたかもゾンビのように立ち向かって来る。

幽霊捕鯨船の妖気はA級下位で、非武装の一般人だった幽霊捕鯨船員の力は、小鬼のF級中位程度。その差は五万倍とも考えられ、彼らを潰して幽霊船の妖力を失わせるのであれば、五万体を倒さなければならない。

とても付き合いきれない義友は、義一郎と同じく、殲滅の合間に船体を蹴り始めた。

その反対側では、風花がモグラ叩きのゲームでもするかのように、神気を帯びた金剛杖で幽霊捕鯨船員と甲板を小突いていく。

右手で金剛杖を振るい、左手で近寄る幽霊船員を殴り飛ばし、あたかもダンスを踊るようにクルクルと回りながら、怨霊と幽霊船を祓っていく。

風花は義友のように、幽霊捕鯨船員に声を掛けたりはしなかった。悪霊化した幽霊達が説得に応じないことは、分かり切っている。彼女はわざわざ無駄な問答は行わず、黙々と除霊を果たした。

そんな彼女が除霊中に考えたのは、悪霊達に関してではなかった。

「混浴より凄いことって、何？」

彼氏が居ない女子大生の風花には、一五歳の双子が言い合った『凄いこと』が、全く想像できなかった。そのため圧倒的に足りない『そっち方面』の経験を補う、少女漫画の展開を考える。

「頭がフットーしちゃう……とか」

とんでもない光景を妄想した風花は、恥ずかしさのあまり金剛杖を振り回して、周囲の幽霊捕鯨船員達を薙ぎ払った。

『ぐわあっ、コイツ急に暴れ始めたぞ』

『駄目だ、防ぎ切れない、増援をくれっ』

風花の暴走は止まるところを知らず、怨霊達は豪快に吹き飛ばされていった。

他方、妄想された側である双子は、真っ当に除霊していた。

五歳年下で分家の沙羅は、風花に匹敵する力を持っている。

絡新婦との戦い後に身体の一二パーセントを再生された際、元々持っていた呪力を二倍も上回る神気を注がれて身体に馴染み、本家で年長の風花に並んだのだ。

だが沙羅は無理をせずに、余力を残しながら程々に戦っていた。

「私の資格と報酬はC級だから、働きもC級で良いよね」

沙羅の優先順位は、幽霊捕鯨船員の調伏ではなく、一樹の生命にある。

飛べない一樹は、水仙の妖糸をヘリに結び付けている。

だがヘリが墜落するような場合には、沙羅が一樹を抱えて飛ぶつもりでいた。

C級で、マンティコアやグリフォンと互角とされる。

そんなC級を一ランク上回るB級の呪力を持ち、天狗の翼と神通力で飛べる沙羅は、一樹を抱えて空を飛べる。沙羅の優先順位は、調伏ではなく、一樹の安全にある。

沙羅は注意力の大半を一樹に向けながら、緩やかに攻撃を続けた。


沙羅と比べて、紫苑にはまったく余裕が無かった。

小鬼の如き幽霊捕鯨船員は歯牙にもかけないが、船体に与えるダメージ量は、沙羅の手抜きと紫苑の本気とが、釣り合っていた。

なまじ結果が近いだけに、紫苑は無理をして、戦果を合わせようとする。

内心に複雑な感情が渦巻いた紫苑は、それを一言に集約して吐露した。

「ズルいし」

五鬼童が各々で戦う最中、作戦に参加した一樹は、二つの作業をしていた。

一つは、顕現させた牛鬼に、幽霊捕鯨船の艦橋を棍棒で殴らせていた。

もう一つは、幽霊巡視船の甲板に式神術の陣を作っていた。


これはキャッチャーボートに呪力をぶつけて消滅させる作戦だ。

それによって、繋がれる子竜を解き放ち、周辺海域で暴れる母竜も去らせる。

B級上位の牛太郎に攻撃させれば、一樹の働きはB級陰陽師に相当する。

それでB級陰陽師の一樹は、自身の等級に相応しい活躍をして役割を達成できることになるが、キャッチャーボートと子竜を消しても、別個体である幽霊巡視船は残る。

キャッチャーボートが消えれば、護るべき対象を失った幽霊巡視船は、海を彷徨うだろう。

もしも対処できるならば、逃さないほうが良い。

そのために一樹は、幽霊巡視船の式神化を考えていた。

式神化すれば、幽霊巡視船が民間船を襲う事態を避けられる。

義一郎からは、出来るのであればやっても良いと許可も得ている。

一樹の呪力が足りると見なされたのは、絡新婦との戦いで飛ばした鳩の式神二〇〇羽が、A級下位二体に相当していたからだ。

『幽霊巡視船の式神は、海か湖でしか使えないぞ』

幽霊巡視船を使役する問題点は、義一郎が指摘したとおりだ。

海での仕事は、殆ど無い。

なぜなら海に出なければ安全で、海に出ても危険海域を避けたり、脅威を発見すれば逃げたりすれば良いので、依頼には至らない。


それでも一樹は、式神として幽霊巡視船を欲した。

霊弾を撃てる七〇口径四〇ミリ機関砲は、有効射程一〇キロ。毎分三三〇発を撃てて、陸海空と水中に対応できる射撃統制システムで、命中精度は非常に高い。

数百メートルの至近から七〇口径四〇ミリ機関砲を撃ち込めば、戦車すら数十発で破壊できる。C級妖怪程度は、相手の射程外から一方的に殲滅できる。

この幽霊巡視船を『買い』だと思った一樹は、甲板に描き込んだ陣から呪力を流し込み、呪術を唱えた。

『臨兵闘者皆陣列前行。天地間在りて、万物陰陽を形成す。我は陰陽の理に則り、霊たる汝を陰陽の陰と為し、生者たる我が気を対の陽とする契約を結ばん。然らば汝、この理に従いて我が式神と為り、顕現して我に力を貸せ。急急如律令』

一樹が有する膨大な呪力が、幽霊巡視船に流し込まれていく。

そして一樹は、トドメの言葉を発した。

『今回の調伏は、政府と海上保安庁の指示だ。巡視船の役割を思い出せ』

それが抵抗を奪う決定打となったのだろうか。

眩《まばゆ》い光を放った幽霊巡視船は、やがてA級中位の力を持つ式神として再誕した。

式神契約を行う一樹は、全く値切らない契約者だ。

燃料や弾薬は常に満タンで、僅かに傷が付いても即座に回復し、最大スペックで活動し続けられる呪力を払い続けている。

巡視船はA級下位からA級中位に引き上げられて、四二名の幽霊巡視船員も、E級中位からE級上位に強化された。

A級の妖怪を使役した一樹は、流石に疲労感から甲板に座り込んだ。

一樹の体感では、A級中位に上がった幽霊巡視船を使役したことで、自由に使える呪力の二割ほどが流れていった。

——俺が持っている呪力は、追加で得た神気でS級下位くらいか。

大焦熱地獄で魂に染み込んだ穢れを完全に抑え込むには、S級下位の陽気が必要であるらしい。

地獄には、『等活、黒縄、衆合、叫喚、大叫喚、焦熱、大焦熱、無間』の八つがあって、一つ下に行くと苦しみが一〇倍になるとされる。

等活地獄をF級として、一つ下の地獄へ行く毎にE、D、Cと耐えられるランクを上げていけば、大焦熱地獄ではS級に届くようであった。

――余程酷い目に遭っていたのだな。

Ｆ級下位の呪力を一とすれば、Ｓ級下位は一〇〇万の値になる。

追加で得た神気も同量のＳ級下位なので、一樹は合計二〇〇万、Ｓ級中位の呪力を持っていることになる。

もっとも二〇〇万のうち、一〇〇万は穢れを抑え込むために使われている。そのため一樹が自由に使えるのは、残り一〇〇万だ。

式神契約の維持には、三分の一にあたる三三万ほどが使われている。そのうち巡視船に使われているのは、二〇万ほどだ。

一樹は寝転がりながら右手を上げて、呪力の一端を籠めて振り下ろした。

『キャッチャーボートを制圧しろ』

莫大な呪力で従えられた幽霊巡視船員達は、キャッチャーボートに突入を開始した。Ｅ級上位の四二名が、Ｆ級中位の二〇名に飛び掛かっていく。

両陣営の人数は二倍差、個々の力は二〇倍差、戦力で四〇倍差。

四〇対一で戦えば、結果は火を見るよりも明らかだ。

キャッチャーボートの船長以下二〇名は、圧倒的な戦力差で、甲板に押さえ付けられていった。

消し飛ばしていないので復活も出来ず、押さえ込まれた幽霊捕鯨船員は、無駄に藻掻いた。

『ええいっ、離せ、離さんかぁっ！』

幽霊巡視船員に二人掛かりで取り押さえられた幽霊捕鯨船長は、往生際も悪くジタバタと暴れた。

そんな船長に構わず、一樹は牛太郎に命じる。

『キャッチャーボートを壊せ』

棍棒を振り上げた牛鬼が、幽霊捕鯨船を容赦なく叩き始めた。

そんな様子を見た五鬼童の陰陽師達は呆れながら、攻撃の手を止めた。

「ねぇ紫苑。今の一樹さんなら、お父さんを倒せそうじゃないかな」

二人の父である義輔は、B級上位の力を持つ陰陽師だ。

空も飛べるため、牛鬼一体で勝つには厳しいが、一樹は新たな式神を得た。

勝てそうだと沙羅に告げられた紫苑は、幽霊巡視船の機関砲を指さしながら、毅然と反論した。

「アレって、倒すだけで済まないと思うんだけど」

指さされた四〇ミリ機関砲は、至近過ぎるためか、砲撃はしていない。

だが撃ち始めれば、幽霊捕鯨船を穴だらけにすることは、容易に想像できる。

A級下位の幽霊捕鯨船を穴だらけに出来るのであれば、B級上位の義輔も耐えられない。

やがて牛鬼が捕鯨砲を破壊すると、解き放たれた子竜の霊が「ピギャアアアッ」と鳴きながら、大慌てで大海原に逃げていった。

第五話　政府からの依頼

「只今より、捕鯨船沈没事故に関する緊急の関係閣僚会議を開催致します」

総理の下に第一報が入ったのは、国会の開催中だった。

事態を把握した総理は、その場で大臣達を確保し、関係省庁の長官らも呼び集めさせた。そして国会の閉会後には、夕食も摂らせずに緊急会議を開催している。

会議の出席者は、総理、官房長官、大臣四名、ほか一五名。

最初に司会を務める官房長官が、緊急会議が開催された理由を説明した。

「本日一四時二〇分頃、太平洋沖の幽霊捕鯨船ならびに幽霊捕鯨船員の除霊に成功し、子竜の霊との分離にも成功しました。幽霊巡視船は陰陽師が式神化して、こちらも無害化に成功しました」

「「おおっ⁉」」

出席者達からは、前半の喜びと後半の困惑が混在した声が上がった。

幽霊船の調伏は、直ちに実行せよと指示している。

その指示に基づき、総務省の陰陽長官が飛行可能な五鬼童家に依頼を出して、国土交通省の海上保安庁と協力して、作戦を実行させた。

故に、成功の報告は喜ばしくとも、想定の範囲内だ。

意味を理解しかねたのは、幽霊巡視船を式神化した部分についてだ。

「それでは鳴瀬海上保安庁長官、作戦の時系列を手短に説明してください」

「畏まりました。それでは幽霊捕鯨船の除霊に関する時系列を報告します。まずは……」

官房長官に指名された海上保安庁長官の報告は、事故が発生してから一樹達が調伏を行うまでの大まかな流れだった。

五鬼童のA級陰陽師一名、B級陰陽師三名、C級陰陽師二名が作戦に従事。

作戦に関しては、陰陽師達が幽霊捕鯨船を破壊して、子竜の霊を逃がした。

その際、B級陰陽師の賀茂一樹が幽霊巡視船を式神化して、幽霊巡視船の問題も解決している。

「……以上であります」

海上保安庁長官が事実のみを伝え終えると、官房長官が進行に戻った。

「本件につきまして、ご意見などが御座いましたら、ご発言願います」

問われた大臣や長官達に、意見が無いはずもない。現政権は、共和党、改革党、前進党、共歩党の四党連立内閣だ。対抗する野党には、近年まで政権を取っていた労働党と国民党も居る。

既得権益を維持する惰性内閣ではないため、各自は真っ当な意見を持っている。

共和党の官房長官は、挙手した改革党の党首でもある総務大臣を指名した。

「まずは藤沢総務大臣」

「九条陰陽長官に質《ただ》します。陰陽長官、幽霊巡視船の式神化が行われましたが、私は幽霊巡視船がA級と聞いていました。一方で賀茂陰陽師は、資料にはB級だと記されています。B級陰陽師が、

Ａ級妖怪を使役できるのですか」

陰陽庁は総務省に属しており、陰陽長官は総務大臣の部下にあたる。

総務大臣の藤沢が率先して質すと、陰陽長官は険しい表情を浮かべながら答えた。

「特殊な条件を満たさなければ、出来ません。特殊とは、花咲家の犬神のような場合を指します。賀茂陰陽師は、資格がＢ級で、呪力はＡ級です」

「なぜ呪力がＡ級だと分かっていて、資格はＢ級のままなのですか」

「有り体に申し上げますと、陰陽師協会の評価が、本人の実力に追い付いていないだけです。協会には数合わせのＡ級が二人居ますので、一人が引退して、賀茂陰陽師が上がるでしょう」

陰陽長官の九条は、陰陽師大家の一家出身で、引退した元Ａ級陰陽師だ。

実力はＢ級上位だったが、引退する前に数合わせのＡ級に上げてもらえる程度の呪力と家柄は、備えていた。

現場で死にかけた経験があって、引退後には陰陽師協会の裏方となっており、陰陽師に関する見識は深く、陰陽師達への顔も広い。

Ａ級陰陽師が如何《いか》なる存在なのかを知っており、今回派遣した五鬼童を選択して連絡したのも長官自身だ。

現政権は陰陽長官に対して、陰陽師に関することを任せられると考えている。

そして陰陽長官は、任せられるに相応しい知見を有していた。

「次に、青山国土交通大臣」

総務大臣が実力の評価と出した結果の齟齬《そご》に関する質問を終えると、次いで共歩党党首で国土交通大臣の青山が、同じく陰陽長官に尋ねた。

「私からも九条陰陽長官に質します。幽霊巡視船が、式神となったと報告が入りました。それに対する法的な解釈、問題点などを教えてください」

国土交通省には、海上保安庁が属している。

国土交通大臣は、所管する庁の巡視船が使役された件について、どのように認識すべきか確認したのだ。

「物体としての巡視船は太平洋に沈んでおり、正式に滅失処理されました。幽霊には、所有権がありません。幽霊を放置すれば、生者の生気を吸うので、陰陽師には調伏や式神化が認められています。法的に問題ありません」

問題は無いと説明した陰陽長官は、国土交通大臣の立場に鑑みて補足した。

「賀茂陰陽師は、海上保安官の立場で、幽霊巡視船を式神化しました。今回の事象は、我が国の制御下にあります。式神は術者に従いますので、賀茂陰陽師を陰陽師協会に戻しても、協会で活動させれば国益に適います」

陰陽長官が説明した理屈と方向性に、居並ぶ閣僚が納得を示した。

法的に問題が無くて、国民も納得するのであれば、後の細かい辻褄合わせは官僚の仕事だ。

今の野党は非主流派が主導権を握った新体制なので、重箱の隅をつつくような非建設的で下らない真似をしない。

「次に、麻倉経済産業大臣」

国土交通大臣が質問を終えると、次いで前進党党首で経済産業大臣の麻倉が尋ねた。

「陰陽長官にお尋ねする。式神化した幽霊巡視船は、戦力として使えるのか。瀬戸内海に蔓延《はびこ》る幽霊船団の除霊に使えれば、大変有り難いが」

「……瀬戸内海の幽霊船団ですか」

経済産業大臣の打診に、陰陽長官は眉を顰《ひそ》めた。


瀬戸内海に蔓延る幽霊船団とは、南北朝時代頃から瀬戸内海の島々を拠点として、周辺海域を支配していた村上海賊と呼ばれる集団の怨霊だ。

彼らは、積荷を奪う海賊行為を行っていたが、戦国時代に村上武吉が当主になった頃から、帆別銭という通行料を徴収するようになった。ほかの戦国大名も港に税をかけることはあったが、それは艘《そう》別で一艘三〇〇文（三六〇〇〇円）程度だった。

『船主が別の寄港先に変えれば、荷が入って来ない』

『漁民を殺しては、税が取れない』

その程度の分別は、戦国大名も持ち合わせていた。

だが村上海賊は、瀬戸内海を片道航行するだけで積荷の一割を取った。

しかも一割を払わなければ襲い掛かって男を殺し、積荷は残らず奪い、女子供は攫《さら》った。人攫いや人身売買が横行していた時代、攫われた女子供の全員が美談になるわけがない。

村上海賊がほかの大名と異なり、容赦のない略奪を行ったのは、瀬戸内海を航行する者達が彼らの領民ではなかったからだ。

『領民ではないから奪い取る』

『領民ではないから殺す』

故に村上海賊は、戦国大名とは性質の異なる海賊集団であった。

帆別銭を払わなかった相手を襲った有名な例は、一五五四年に戦国大名である大内家の家臣・陶《すえ》晴賢《はるかた》が、足利将軍家に献上品を贈った際の出来事だ。

陶晴賢は、大友水軍を利用して、村上海賊に帆別銭を払わなかった。

そのため村上武吉が船団を率いて襲い掛かり、積荷を全て奪い取った記録が残される。

将軍家への献上品を襲って奪うなど、当時の大名では有り得ない行為だ。

現代では、村上海賊は実は水先案内人だったと主張する人も居るが、彼らの行為を現代風に言い直せば、強盗、殺人、放火、誘拐、強姦、人身売買である。

「瀬戸内海の幽霊船は、凶悪な怨霊集団です。普通の人間が死んで怨霊になったのではなく、元から凶悪な海賊集団が死んで、より凶悪な怨霊になりました」

瀬戸内海の幽霊船がまともではないことについて、陰陽長官は念を押した。

村上海賊の最盛期は、第一次木津川口の戦いがあった頃だ。

海戦では、大型船の安宅船《あたけぶね》、中型船の関船《せきぶね》、小型船の小早船《こばやぶね》を組み合わせて運用し、火矢や鉄砲だけではなく、炮烙《ほうらく》という爆弾まで活用した。

当時の勢力は一五万石、軍船六〇〇隻、最大動員数一万人とも評され、木津川口海戦では、毛利側に付いて織田信長の水軍を壊滅させている。

織田信長が鉄甲船六隻を建造させて、大砲や大鉄砲を積んだのは、敗戦の結果を受けてだ。

その後、村上海賊は豊臣秀吉に海賊停止令を出され、それに従わずに海賊を続けたことで九州に追放される。

村上海賊が瀬戸内海に戻れたのは、豊臣秀吉の死後。毛利輝元によって広島県へ戻され、四七〇〇石まで力を回復させた。

だが関ヶ原の戦いで、毛利家家臣として西軍に参加して敗北する。

毛利家が二国へと減封された結果、村上海賊達も長州藩船手組二九人の一員として、最小四〇石から最大五〇〇石程度にまで落とされた。

徳川幕府が安定期に入ると、西軍に付いた毛利の家臣である村上家に再興の余地は無く、ついに村上海賊は消滅する。

そして村上海賊の霊達は、怨霊化して、瀬戸内海に蔓延った。

「瀬戸内海を安全に出来れば、目覚ましい成果だろう。どうだ」

「政府の方針として正式にと言うことでしたら、要請してみましょう」

怨霊化した村上海賊船団に、式神となった幽霊巡視船をぶつけろと指示された陰陽長官は、無表情に答えた。

◇◇◇◇◇◇

「一樹さんに、ご相談があるのですが」

沙羅が切り出したのは、鹿児島のホテルに戻って夕食を摂った後だった。

テレビの画面では、首相が幽霊捕鯨船の除霊成功を発表しており、陰陽師のリーダーである義一郎は、第十管区海上保安本部に呼ばれている。

一樹達はホテルに入り、翌日には帰宅する予定だったが、そこで沙羅から話があった。

「相談って、何だ」

「はい。紫苑も恩義を気にしているので、一樹さんの事務所に所属させるのはどうかと思いまして」

それは一樹にとって、予想外の話だった。

紫苑は一樹に対して素っ気無くしており、助けられた恩義を感じていないわけではないだろうが、態度を一言で表わすならば『武装中立』に見えた。

上目遣いでお伺いを立てる沙羅に、一樹は迷いを見せる。

沙羅であれば、一樹が居なければ確実に死んでいたし、助けた後もアフターフォローしなければ、右手と左足が無かった。

精神状態も芳しくなく、一樹がフォローした結果として、今に至っている。

陰陽師は危険な仕事だが、沙羅は元々陰陽師だ。

それに一樹の事務所で再び絡新婦のような事態に陥っても、『あの時に助かり、やり直せて幾許か幸せに過ごせた』と考えることが出来る。

沙羅の父親は、絡新婦との戦いで沙羅を含むチームを率いたリーダーだった。

作戦自体にも意見を述べられて、一樹が警告したにもかかわらず実行して失敗した。

それによって本来は死んでいたはずの沙羅を一樹が助けたのだから、一樹を責める資格はない。

沙羅の余生は、一樹のおかげで続いており、死んですら本来より長くなったと考えられる。

だからこそ一樹は、沙羅と沙羅の家族に対して遠慮せず、陰陽師の仕事に連れ回せるのだ。

もちろん沙羅自身の意志もあるが、家族や周囲を含めて、誰も反対者が居ない点は大きい。

そのような考えについて、一樹は敢えて沙羅に説明した。


「だから沙羅には全く遠慮していないし、俺に付いて来いと言える。だけど紫苑は、どうなんだ」

「勿論、私は一生付いていきます。そう仰っていただけて、嬉しいです」

微笑みながら答えた沙羅は、次いで紫苑について語った。

「紫苑に対しても、来いと言っていただければ、来ると思います。いずれB級になりますし、飛べる五鬼童は便利ですよ。それに紫苑が断れば、自分から断ったことになりますので、今後は拗ねる理由が無くなります」

「紫苑は除け者にされた感覚で不機嫌なのか？」

紫苑の心理状態について、一樹は沙羅の説明を訝しんだ。

だが紫苑は、ほかならぬ沙羅の双子の妹である。紫苑自身を除けば、紫苑をもっとも分かっているのは沙羅のはずだ。

「シミュレーションをしませんか。今から私が紫苑の役をします。事務所に誘ってみてください」

沙羅は結っていた髪を解き、紫苑と同じストレートヘアになった。

そして小さく「あたしは紫苑」と呟き、目を僅かに釣り上げて、硬い表情になる。

——雰囲気まで似ているな。

急激な沙羅の変化に、一樹は目を見張った。

そして戸惑いつつも、紫苑に化けた沙羅を事務所に誘ってみる。

「……という理由で、俺は沙羅には遠慮しないが、紫苑には貸しを作ったと思っていない。それでも紫苑が気にするなら、うちの事務所に所属しないか。事務所の所員を守るのは当たり前だから、俺に借りなんて無しで良いだろう」

丁寧に説明した一樹だったが、紫苑に扮した沙羅は即答しなかった。視線を逸らして俯き、長い髪の毛先を右手で軽く弄っている。

恩義を気にして、事務所に所属したいと思っていたのではないのか。

沙羅を疑わし気に眺めた一樹は、チラチラと窺うように視線を向けてきた沙羅の様子を見て、不意に脳裏に閃いた。

——まさか、『俺に付いて来い』か。

そんな言葉で付いて来るのは、そもそも付いてくると決めている蒼依か、一樹に心酔している沙羅くらいだ。

先程の一樹は、沙羅なら付いて来ると分かっていたから口に出来たのであって、断るかもしれない紫苑に対して宣《のたま》う勇気は無い。

俺に付いて来いと言って紫苑が断ったら、一樹は赤っ恥である。

阿呆な告白をして、振られる目に遭うなど、あまりに酷な話だ。

——もしも振ったら、演じた沙羅にお仕置きしよう。

沈黙されて埒が明かなかった一樹は、開き直って偽紫苑に告げた。

「紫苑、悩むな。俺に付いて来い」

どこの少女漫画だと、一樹は内心で激しいツッコミを入れた。

そして驚いて顔を上げた偽紫苑に対して、再び告げる。

「いいから、俺に付いて来い」

煮え切らない偽紫苑の様子に、一樹は堪え切れなくなった。

そして沙羅の傍に寄ると、手を引いて立ち上がらせ、少女漫画のように引き寄せた。

一樹が、ふらついた偽紫苑を抱き留める。そして至近で見つめながら、最終通告した。

「付いて来い。良いな？」

一樹は開き直って、強引に攻めてみた。

すると偽紫苑は、頬を朱に染めながら、首を小さく縦に動かす。

いつの間にか少女漫画と化していたのは、なぜだろうか。

世の中には、よく分からない『その場の雰囲気』や、『勢い』というものがあるらしい。

「お前は俺の身内だ」

自分でもよく分からないまま、一樹は少女漫画に出てくる男役を演じた。そして偽紫苑を引き寄せて抱きしめた。

偽紫苑の潤んだ瞳が、一樹の視界の正面に捉えられる。彼女は顎を上げて唇を突き出し、静かに目を瞑った。

――俺は事務所に、陰陽師を迎え入れるのではなかったのか。

蒼依を思い出した一樹は、不意に我に返った。

するとなぜか、キスをせがんでいる偽紫苑が腕の中に居た。

一つだけ分かったことは、紫苑がツンデレだということである。普段はツンとしているが、一樹が絡新婦から助けて以降は好感度が高くて、押せばデレる状態にあるらしい。

――知らなくて良い情報だった。

内心で頭を抱えた一樹は、腕の中にいる偽紫苑を解放してから、沙羅に尋ねた。

「紫苑が来ると、厄介な気がしないか」

紫苑を連れてくると、賀茂一樹陰陽師事務所は、ドロドロとした昼ドラの現場になりかねない。

ツンデレがデレた後に放置すると、ヤンデレという病んだ状態に進化しかねない。

そんな一樹の懸念に、沙羅は同意した。

「はい。紫苑を誘うのは、止めましょう」

前言を撤回した沙羅は、中々離れずに頬を染めて一樹を見つめ続けた。

◇◇◇◇◇

「俺は一体、何をしていたんだろうな」

沙羅が部屋から去って冷静になった一樹は、自身の行動を振り返った。

行動を言語化するのは容易く、アドリブの少女漫画ごっこをしたのである。

だが、そのような行動に走った理由は、論理的には説明できない。

紫苑を事務所に誘うか否かの話であったはずだが、なぜか明後日の方向に進んでいったのだ。

少女漫画の登場人物達が、みんな揃いも揃って論理的に行動するわけでもないだろうが、雰囲気に流されるとは恐ろしいものである。

暫く呆けていた一樹は、その後にかかって来た電話をこれ幸いと受け、妄想から現実に戻った。

最初に電話をかけてきたのは、義一郎だった。

そこで「陰陽長官に電話番号を教えて良いか」と確認された。

陰陽長官は、五鬼童家に対する依頼人である。

一樹自身の依頼人は五鬼童家だが、大元の依頼人に挨拶が必要であることは、東京天空櫓で挨拶回りをさせられたときに一樹も学んでいる。

義一郎の確認に了解したところ、今度は陰陽長官からテレビ電話が繋がれた。

「まずは任務達成、ご苦労だった。疲れたのではないかね」

一樹より半世紀ほど年長者である海上保安庁と、今回の依頼主である海上保安庁と、五鬼童を繋いだ人物だ。

今回の依頼は、幽霊捕鯨船の調伏と子竜の解放で一四〇億円。

それらは全額が払われ、協会に一割を納めた残り一二六億円については、A級の義一郎側が六六億円、B級の賀茂事務所が六〇億円を受け取った。

一ランク差は一〇人分と考えられている。

今回であれば、A級の義一郎が一〇、B級の一樹が一、ほかに五鬼童のB級が二人居て合計一二。

一樹の報酬は、全体の一二分の一にあたる一〇億五〇〇〇万円が相場となる。

それが六〇億になったのは、絡新婦の貸し借りを清算する意図があったからだ。

絡新婦の調伏で一樹に依頼したのは沙羅であり、その報酬として一樹の事務所に来ているので、五鬼童家は一樹に対して借りが無い。

だが五鬼童は、報酬についても清算したかったのだろう。

A級妖怪への対応は、報酬の目安が一〇〇億円。

一樹が一人で倒したわけではないし、B級陰陽師の一樹が、A級陰陽師よりも高額の報酬を受け取るわけにはいかないので、今回の現実的に渡せる上限金額だ。

相場の一〇億五〇〇〇万円が六〇億円になったため、上積みされたのは四九億五〇〇〇万円。

絡新婦の仕事に対する清算で、一樹に一〇〇億円を渡したいのだとして、上積み分は一〇〇億円の四九・五パーセントとなる。

残りである五〇・五パーセントを正式な依頼人である沙羅が返すとすれば、沙羅が一樹に恩義を返す割合の過半数を占める形にもなるので、沙羅の顔も立てている。

――流石は五鬼童家、義理堅いな。

一樹は六〇億円を受け取ることにして、一割にあたる六億円は沙羅に分配した。

沙羅は恩義を返すために一樹の事務所に所属している。

だが報酬に関して一樹は、沙羅には正当に分配するつもりでいる。

正当な報酬を払ったとしても、五鬼童家の沙羅が事務所に所属するだけで、一樹には様々な恩恵がある。陰陽師協会の都道府県支部から無理を言われなくなるし、ほかの事務所からもおかしな仕事は回されない。

五鬼童家の沙羅が所属した時点で、充分な恩返しになっている。


残るは五四億円だが、一樹は自身を守る保険として一部を使おうと考えた。

具体的には、父親の和則にアドバイザー料の名目で、四億円ほど渡しておく。

もしも和則が妖怪退治で負傷したと連絡が入れば、一樹も気にせざるを得ない。

また世間からも、『上級陰陽師の一樹が、陰陽師として育てた実の父親で師匠を助けもせずに、恩も返していない』と言われてしまう。

何事であろうとも、批判する人は必ず出る。

誰かを批判することで、自分が上に立ったとでも思いたいのか。

ＳＮＳなどで有名人を批判することで、世間から注目を浴びたいのか。

テレビ番組であれば、視聴率やスポンサーの意向もあるだろう。

だが四億円も支援しておけば、世間的には充分な支援を行ったと考えられるので、批判することは難しくなる。

民放のバラエティ番組で煽《あお》ったり、ネットで一樹に文句を付けたりする人は、強い嫉妬心も持っている。

そのため四億円を渡せば、確実に嫉妬して、和則は充分に支援されただろうと考える。

すると和則が負傷しても、『働く必要がないのに本人が勝手にやったこと』だと考えて、怒りを一樹に向けないようになる。

すなわち金を渡して支援しておくことは、一樹の名誉を守る保険となるのだ。

一回だけ行えば充分であり、一樹は自身を守る保険を掛けることにした。一樹の名誉を担保してくれて、気兼ねなく過ごせる支援は、五鬼童が上積みしてくれた分で賄《まかな》える。

沙羅に報酬を分配して、父親の和則にも支援した上で、残りは五〇億円。

税金で半分取られても二五億円は残る。

それだけあれば、人生の最後まで並以上の生活を送るには、充分すぎる金額だ。

――五鬼童の恩返しは、父さんの件の解決と、俺の生活を助けてくれた形にするか。

五鬼童の恩返しについて、一樹は形になる使い道を定めた。

そして今回の依頼を五鬼童に出した陰陽長官に対して、丁寧に答えた。

「ありがとうございます。確かに疲れましたが、許容範囲内です。数日で回復すると思います」

むしろ疲れたのは、ホテルに帰った後、沙羅の演じる紫苑と相対してからだ。

そんな戯言は内心に留め置き、一樹は支障が無いと報告した。

「結構だ。実は閣僚会議で、幽霊巡視船を式神化した件について、疑義が呈された。私は問題ないと答えたが、武装を不安視する者や、国の資産であったことを問題視する者も、居ないではない」

陰陽長官の声からは、淡々と事実を告げているふうに聞き取れた。

スマホの小さな画面から表情まで読み取れなかった一樹は、テレビ電話用のモニターを使用しているのだろう相手に頷き返す。

「式神が術者を裏切る場合、大抵は術者の与える呪力が不足したことによる、式神契約違反です。私は呪力に余裕がありますので、制御に関して心配は有りません」

妖怪に『気を与えるから従え』と言いながら、気を与えなければ、妖怪側も従う謂れは無い。

能力に応じた報酬を支払わなければ、即契約が切れる点については、人間社会よりもシビアだ。

「その余力は、どれくらい残っているのかね」

「幽霊巡視船を完全破壊されても、万全の状態で即座に復活させられる程度には有ります。つまり復活させず影にしまえば、呪力不足で制御できないことには、為り得ません」

絡新婦の調伏において、一樹はA級下位二体分の呪力を飛ばした。自衛隊は報告しているであろうし、陰陽長官が知らないはずもない。

であれば、その程度は答えても支障がないだろうと一樹は判断した。

一樹の父がＣ級陰陽師であるため、一樹がＡ級の力を持っていても、鳶が鷹を生んだ程度でしかない。

確かに奇異だが、奇怪と言われるほどではない。

呪力がＳ級と知られれば、間違いなく奇怪と言われるだろうが。

「結構な話だが、閣僚会議では君に対して、瀬戸内海の幽霊船団を排除させてはどうかと声が上がった。国の巡視船を使役する件について、国の命令で国の役に立つ実績を作れば、お墨付きを与えられる。どうだね」

問われた一樹の答えは、一つしか有り得ない。

是と言えば状況を追認され、否と言えば国から問題視されるのだから、答えは是である。

みやこ型巡視船は最新型で、建造費は一四四億円。

四〇ミリ機関砲は、自衛隊と海上保安庁でしか使用を許されていない。

それらを一樹が式神として使役することに、政府が『お墨付き』を与える。

どれほどの大金を積んでも、通常であれば世間的に認められない特異な条件に鑑みれば、今回の依頼料は相応と考えられなくもない。

「分かりました。お引き受けします」

かくして幽霊巡視船は、村上海賊船団に立ち向かうことになった。

◇◇◇◇◇◇

「瀬戸内海の海賊退治は、ほかのA級陰陽師も呼んで行われることになった。そこで君の順位付けが行われる予定だ。まずは予習してくれ」

一樹が陰陽長官から渡された資料は二つ。

一つはA級陰陽師への昇格に関する件で、現在は六名が真のA級、二名が数合わせのB級上位である。

一位から三位は非人間で、A級上位。

四位が義一郎、五位が陰陽師協会会長で、両者はA級中位。

六位が花咲家の当主で、A級下位。

やんごとなき御方が一樹の実力を見たうえで、一樹の順位付けを行う予定だ。

――やんごとなき御方って、誰だ。

A級陰陽師の実力を測ったうえで、ほかのA級陰陽師の間に入れて、格付けを行う。

A級陰陽師達に有無を言わせずに、彼らの順番を決められる存在であるからには、A級陰陽師よりも上の存在であろう。

日本には、八百万の神が存在する。やんごとなき御方は、何れかの神であろうと想像した一樹は、蒼依を連れて行くことを断念した。

前回の依頼で沙羅だけを連れて行ったために、今回の依頼はバランスを取って、蒼依だけを連れて行こうと思っていたのだ。

だがA級陰陽師を見定められる存在の所に蒼依を連れて行けば、山姥化する可能性も持つ山姫だと露見する。

相手は歯牙にもかけないかもしれないが、場合によっては日常生活の危機であり、わざわざリスクを冒せなかった。


二つ目の資料は、依頼に関する詳細だった。

瀬戸内海の海賊について、動画で纏められている。

一樹がパソコンで動画を再生すると、村上海賊の概要が流れた後、被害者の声が入っていた。

体験談を語った一人は、地元の元漁師だった。

彼は親から機材や漁船を受け継いで、定置網漁でスズキやタイを獲っていた。

『幽霊船は、決まった海域だけに出ていたんだ。だから大丈夫だと思っていたら、急に霧が出てきて……』

気付いた時には、霧に呑まれていたらしい。

慌てて逃げたが、行く手に村上海賊の舟が出て、矢を射掛けられた。

『矢が右目と左手に刺さって、絶叫しながら必死で逃げた。矢は霊体で、実際には刺さっていなかった。でもあれ以来、右目が見えないし、左手も動かなくなった』

映像の漁師は、動かなくなった左手を見せた。

左手は力を入れても、僅かに震える程度だ。

「地縛霊だけど、活動範囲は広くて、時に不規則になるということか」

漁師の次に映ったのは、遺影を両手に抱えた中年女性だった。

遺影には、制服を着た笑顔の女子高生が写っている。中年女性と娘は、家族で浜辺へ遊びに来ていた所を村上海賊に襲われた。

『夫は殺されて、娘は連れ去られました』

女性自身は、浜で殴り倒されて、そのまま放置されて生き残った。

人生五〇年と謡われた時代の村上海賊から見れば、女子高生の母親の年齢は、連れ去って子供を産ませるには、薹《とう》が立っていたらしくある。

殺されなかっただけマシだろうか。

だが連れ去られた娘は、二度と帰らなかった。あの世に連れ去られた今は、海賊の妻にでもされているのだろうか。

渡された二つ目の動画には、被害者達の悲痛が収められていた。

◇◇◇◇◇◇

一樹は四月に、高校の入学式を迎える。

それ以前に依頼を終えたいと伝えていた一樹は、三月下旬に海上保安庁第六管区がある広島港から、式神の幽霊巡視船を出すことになった。

立会人は陰陽長官、海上保安庁長官、七位を除いたA級陰陽師全員、官僚一六名、海上保安官八名、そしてやんごとなき御方である。

A級陰陽師がこれほど集まることは、妖怪退治ですら有り得ない。

「なぜ、こんなメンバーに……」

「新しいA級陰陽師に、手の内を見せてもらえる機会だ。A級妖怪が出た時の連携、期待できる足止めの程度、敗北時に推し量れる妖怪の強さなど、情報の宝庫だろう。ここに来ない奴は、阿呆か、A級ではないかだ」

豪華なメンバーに一樹が戦《おのの》いていると、陰陽長官が事情を解説した。

七位以下は数合わせであり、七位はA級として顔を出せないのだと察せられた。逆に八位は、一樹が昇格すると引退になるので、顔を出さざるを得ない。

了解した一樹は集まった面々に一礼した後、幽霊巡視船を港に実体化させた。

『PL二〇〇、出て来い』

幽霊巡視船は羽根が落ちるように、全く重さを感じさせず、波も荒立てず、港へと降り立った。

そして乗船タラップを自動で下ろしてくれる。

幽霊巡視船の名前について、一樹は沈没前のPL二〇〇を継承した。

各方面に配慮した結果、そうせざるを得なかったとも言える。

「巡視船には初めて乗ります」

A級三位の気狐が率先して乗船したのを皮切りに、集まった面々が次々とタラップを使って船に乗り込んでいった。

みやこ型巡視船は、攻撃力、速力、汎用性が高水準で保たれた巡視船だ。

船体は大型で、全長一一七メートル、最大幅一四・八メートル。

船は全長が長くて、幅が小さいほど、堪航性《たんこうせい》が向上する。そのため海上保安庁の船は、細長くスリムな造りになっている。

武装は四〇ミリ機関砲二門で、ディーゼルエンジン四基で一万七六五二キロワットを出し、二五ノット以上で進む。

大型ヘリに対応できるヘリ甲板があって、七メートル型高速警備救難艇二隻も搭載されている。

船内に入った面々は、上位者用の第一公室、船員用の第二公室、広い器材保管庫、ウェットスーツが詰め込まれた格納庫、救命筏《いかだ》が収納されたボックスなどを見て回った。

「この船の物品は、使えるのかね」

質問したのは、海上保安庁長官だった。

「実体化すれば、ウェットスーツは水を弾きますし、浮き輪や筏も浮きます。ただし、私の気が薄れれば、ウェットスーツも、浮き輪や筏も消えます」

「君から離れて運用すると、役に立たないと言うことかね」

「そうなります。装備として、アテにはなりません」

扱き使われたくない一樹は、海上保安庁長官に釘を刺した。

但し、即座に消え失せるわけではなくて、しばらくは霊体を保ち続けられる。

巡視船に籠められた呪力を視たA級陰陽師の一部、特にA級二位の宇賀などは苦笑いをしていたが、別組織に対して身内の陰陽師は売らなかった。

「それでは出港します」

幽霊巡視船は音も無く、自動操縦でスムーズに離岸した。

本来の巡視船であれば、船長が操舵室の航海長に細かく操船を指示していく。

最初にエンジンや舵、計器類が正常であることを確認した後、船内に出港用意と放送を流す。

それからクラッチ、レバー、舵に指示を出して、「左後進〇・五、右前進〇・五、もやい放せ」などと言って、岸壁と繋がっているロープを順に外させていく。

次いで両舷エンジンを細かく使い、船体を岸壁から少しずつ離していくのだ。

それが幽霊巡視船では、まったく必要ない。船そのものが幽霊であり、人間が椅子から立ち上がるように、自然と離岸できる。

乗り込んできた海上保安官達も、幽霊巡視船の動きには目を見張って驚いていた。

出港して三〇分。

幽霊船団の出現海域付近を航行していくと、前方に霧が立ち籠めてきた。

『赤外線捜索追尾システムに反応多数』

報告したのは、幽霊巡視船の幽霊船員達である。

赤外線捜索追尾システムは熱赤外線を検知し、遠隔監視採証装置は光を検出するが、幽霊船に付いている探知システムは、呪力を検知する。

「霧に入らないで、後退しろ」

みやこ型巡視船は、速力二五ノット（時速四六・三キロ）以上。

村上海賊で最速の小早船は、江戸時代に琵琶湖上の一五里を四時間で移動した記録があり、時速一四・五キロ。

速力の勝負で、巡視船側が負けるわけが無い。

距離を保って後退する間、霧から現れた百隻以上の木船が、幽霊巡視船を目掛けて迫って来る姿が確認された。

ふんどし姿の男達が船を漕ぎ、弓矢を構えている。

声は届かないが、姿を見るだけでも船を漕ぐ威勢の良い掛け声や、海賊頭の矢を射掛ける指示が轟いてきそうだ。

木船の中でも大型の安宅船には、のぼり旗も立てられている。それは『上』の一文字を円で囲んだ、村上海賊の旗印だった。

達筆であり、清書は寺の住職にでも頼んだのだろう。

幽霊を確認した一樹は、陰陽長官に確認した。

「標的を確認しました。攻撃してもよろしいでしょうか」

「許可する。殲滅しろ」

長官の許可を得た一樹は、幽霊船員に指示を出した。

「第二次木津川口の戦いでは、鉄甲船の大砲で安宅船を攻撃された村上海賊は、逃げていった。今回は完全な殲滅が目的だ。安宅船は後回しにして、手前の小さい船から順に、四〇ミリ機関砲で潰せ」

『右舷九〇度回頭。四〇ミリ砲二門、砲撃準備。標的、敵小型船』

巡視船の四〇ミリ機関砲は、毎分三三〇発で、有効射程は一〇キロメートル。

射撃統制システムと連動しており、敵の自動追尾や弾道計算を行い、巡航ミサイルすら迎撃可能だ。

巡視船の機関砲は、砲弾が炸裂弾ではないが、敵船に命中すれば船舶を穴だらけにして、エンジンを破壊出来る。

相手は幽霊船なので、船体に穴が空いても沈まないが、霊からの直撃弾を浴びれば当然ダメージを受ける。A級中位の霊体が放つ攻撃を浴びれば、大抵の霊体は吹き飛んでいく。

強力無比な砲身二門が、敵小型船に向けられた。

「撃てっ！」

命令の直後、「ズガガガンッ、ズガガガンッ、ズガガガガガガガガッ」と、空気を重く振動させる砲撃が始まった。四〇ミリ機関砲二門が、それぞれ四点バーストで砲撃を開始したのだ。

放たれた霊弾は、遠方の小早船に次々と突き刺さっていった。

四〇ミリ機関砲の砲弾は、薬莢《やっきょう》込みで太さ四〇ミリ、長さ三六四ミリ。

トイレットペーパーの芯が太さ三八ミリ、長さ一一四ミリなので、それを三個繋げたよりも長い金属の塊が、四〇ミリ機関砲の砲弾だ。

そのように巨大な金属の塊が、初速一〇二五メートル毎秒で撃ち出され、鋭い先端が叩き付けられていく。

幽霊巡視船が飛ばす霊弾は、同じく幽霊海賊船の小早船に通用する。

実際の小早船が四〇ミリ機関砲に砲撃されたかのように、小早船は船体を軽々と吹き散らされて、乗船していたふんどし男達も派手に宙を舞っていった。

「凄まじい威力だ」

A級八位の陰陽師が、溜息を吐くように感想を述べた。

海賊船を次々と除霊していく様に、自分には到底出来ないという思いを籠めたのだろう。それは引退を受け入れる宣言のようなものだった。

一人のA級陰陽師が引退を受け入れる間にも、巡視船の砲撃は続けられる。

瞬く間に数十隻の小早船が一掃されたことを確認した一樹は、次いで中型の関船を標的とする攻撃を命じた。

「標的に中型の関船も加えろ」

『諸元入力』

「海賊共を蹴散らせ」

一方的な蹂躙《じゅうりん》戦が、関船に対しても行われた。

幽霊海賊船団の射程外から行われる砲撃は、関船の櫓を千切り飛ばし、船底を吹き飛ばしていった。

乗船していた海賊は弾き飛ばされ、直撃を受けると木っ端みじんに吹き飛んだ。

関船自体は、小早船よりは耐えたが、殆ど誤差の範囲だった。蹴散らされた関船は、海の藻屑と化していった。

瞬く間に撃ち減らされた船団は、慌てて進路を反転させた。

『敵船団、回頭、離脱を図る模様です』

「一隻も逃がすな。標的に安宅船を入れて、本船は前進しろ」

『四〇ミリ砲、目標追加、敵大型船。諸元入力』

「残らず殲滅しろ」

自動制御された四〇ミリ機関砲が、素早く照準を合わせた。

次の瞬間、子供の腕ほどもある砲弾が、毎分三三〇発の速さで撃ち出された。

瀬戸内海の一画に轟音が響き、波飛沫が噴き上がり、海賊船が逃げ惑いながら、船体を削り取られて吹き散らされていく。

鈍重な敵船団は、巡視船から全く逃げられない。

一樹は圧倒的な優勢を味方に示すべく、新たな指示を出した。

「側面の表示装置に、『オマエハ　モウ　シンデイル』と表示しろ。あいつ等には通じないだろうが、装置のテストもしておこう」

一樹が命じると、幽霊巡視船の停船命令等表示装置に、『オマエハ　モウ　シンデイル』との文言が、浮かび上がった。

呆気にとられた海上保安庁長官に構わず、一樹は海賊船団が吹き散らしていく。

一樹の呪力が尽きない限り、幽霊巡視船の弾丸や燃料は尽きない。そして一樹の呪力は、幽霊巡視船を数度は復活させられるほどにある。

射程距離、攻撃力、速力の全てで圧倒的に勝る幽霊巡視船が、容赦なく砲撃しながら、追い続けているのだ。

海賊達を取り逃がす恐れは、皆無だった。

「ところで海賊船って、ほかにも居るんですかね」

「この式神を一週間くらい置いて行きなさい。それで全部、居なくなるから」

ふと尋ねた一樹に対して、陰陽長官は呆れ顔で答えた。

◇◇◇◇◇

「この幽霊船の式神、神気を帯びているわね」

そう評したのは、一樹の格付けにやってきた、やんごとなき御方だ。

やんごとなき御方は、黒髪を結い、明るい花柄の着物を纏った女性で、ほかのA級陰陽師から『姫様』と呼ばれていた。

見た目は一樹より年長だが、高く見積もっても二〇代後半には達していない。ただし、実年齢は不明だ。

何しろ姫様と呼んだ一人であるA級陰陽師の三位が気狐だ。

気狐とは、御年五〇〇歳以上の仙術を修行している狐である。そんな御年五〇〇歳以上の気狐が、ただの人間を姫様呼ばわりするはずがない。

故に御方は人ならざる存在だと、一樹は概ね確信した。

「生み出された食べ物は、神に捧げる神饌《しんせん》になった後、神と共に食べる直会《なおらい》として戻されているわ。だから神気を帯びていて、食べると、ほんの少し呪力が上がるわよ」

神気を言い当てた御方は、幽霊船員に出されたレアチーズケーキを自ら食べて見せた。

「味も良いんじゃないかしら」

御方が告げると、A級陰陽師達はレアチーズケーキを食べ始めた。

いまさら僅かな呪力上昇など気にしないであろう面々で、普段から良い物も食べているだろう。だが御方の手前であるからか、本当に味が良いからか、不満そうな表情は見られなかった。

「おかわりを頂こうかしら。三皿くらい」

A級二位の宇賀が、一樹に堂々と要求した。

実のところ、かなり気に入っていたらしい。

宇賀は世間的には、蛇神の娘あるいは孫娘と考えられている女性だ。細身の女性だが、デザートは好きであるらしい。

「すぐに、お出ししてくれ」

一樹が給仕をしていた幽霊船員に指示すると、彼は頷いて厨房に向かった。

PL二〇〇は回頭して帰港の最中であり、御方とA級陰陽師七名、陰陽長官と一樹の合計十名だけが、第一公室に入っている。

そのほかの部外者は除外したうえで、やがて御方による講評が行われた。

「A級は確定として、呪力は高いけれど、肉体は普通の人間なのよねぇ」

レアチーズケーキを平らげた御方は、暫く考える素振りを見せた。

そして四位の義一郎、五位の協会会長、六位の花咲を一樹と見比べる。

見渡された面々は、自身が御方から、一樹の力と比べられているのだと察した。すなわち一樹の力は、彼らに届き、あるいは上回るかもしれない。

四位の義一郎はA級中位で、六位の花咲はA級下位と評価されている。

一樹の評価は単純にはいかないらしく、御方は時間をかけて比較した。


A級陰陽師達が評価するとしても、一樹はA級中位から下位だろう。

式神のPL二〇〇がA級中位の妖力を持ち、それに相応しい攻撃力、命中精度、索敵能力、速力を有している。

故にA級陰陽師達は、一樹の力を『水の上ではA級中位』と見なした。

そして一樹の力は、PL二〇〇だけではない。

ほかにも式神がおり、鳩の式神などを飛ばして支援も出来る。それが白神山地では、A級の絡新婦を撃破する決定打ともなった。

陸でもそれなりに戦えるので、『陸の上ではA級下位』と見なせる。

一樹が妖怪であれば、『水の上でA級中位』の評価で終わっただろう。

だが一樹は、妖怪を調伏しなければならない陰陽師だ。

『A級中位と評価して、陸の上でA級中位の活躍が出来ないのは困る』

格付けが容易ではないのは、そのような理由からだ。

A級の絡新婦を共同撃破した実績があるため、全く役に立たないわけではない。鳩の式神は飛べるし、地上も攻撃できるので、陸と空でもA級下位相当の活躍は期待出来る。

だが式神を飛ばしての援護であり、近接戦闘になれば極端に脆い。

アンバランスな一樹の格付けに御方が迷ったのも、致し方がない話だった。

――俺が『A級中位にしてくれ』と、頼んでいるわけじゃないけどな。

一樹自身は、分不相応な評価が欲しいわけではない。

今回の一樹が欲しかったのは、幽霊巡視船の使役を政府に公認されるほうだ。

幽霊巡視船には、四二名が月単位で暮らせる環境が整っている。

会議室や食堂を兼ねた複数の公室、乗員分の食事を作れる調理室、食器室、休憩室、寝室、手術も可能な医務室、個室、浴室、脱衣所、トイレ、救難準備室、装備保管庫など、操船以外に用いる部屋も多い。

船底には、仕切られた別々の区画に発電機四基があって、船内には電源が引かれており、電化製品も使える。そして厨房システム、テレビや冷蔵庫、洗濯機や乾燥機なども据え付けられている。

三〇階建てのホテルより、内部は充実しているかもしれない。

建造費は、一隻あたり約一四四億円。

そんな船に一樹が求めたのは、避難場所としての機能である。

『もしも世界が、ゾンビに支配されたら』

これから高校生になる一樹は、そんな妄想をしたことがある。

人間の生活圏がゾンビに支配されたら、各自は何処へ逃げるだろうか。

・物資が豊富で生活に困らない、商業施設やホームセンター。
・ゾンビが上に上がっていけない、高層マンションの高層階。
・集団で立て籠もれる、広くて校門が頑丈な造りの私立高校。
・川や井戸水があり、田畑が広がって食料が得られる山間部。

それら全ての楽園は、いずれ他人が辿り着いて崩壊する。

陸路で辿り着けるのであれば、いつか誰かが辿り着かないはずがない。

ゾンビに噛まれた人間が来て、直接的に崩壊する。あるいは主導権争いや物資配分の争いになって、内部崩壊する。

アメリカでは対策として、外部から侵入できない核シェルターが流行った。

だが日本では、そのような施設は建築許可が下りない。

それでは日本で生き延びるためには、一体どうすれば良いのか。その答えが、一樹の眼前に現れた幽霊巡視船であった。

——幽霊巡視船は、内部の物品も揃っている。

幽霊巡視船が実体化する際、船内の物品も呪力で実体化する。

一樹の呪力さえ有れば、船内の食料、燃料、弾薬、消耗品なども、補充できる。食べ物は神に捧げる神饌となるようだが、普通に食べられた。

呪力と引き換えに、状態回復する幽霊巡視船があれば、船上で長期滞在できる。すなわちゾンビに支配された陸で補給を受けなくて済むのだ。

侵入してくるゾンビも、武装グループも居ない。

やがて陸のゾンビが駆除されれば再上陸し、ゾンビが蔓延り続けるなら、インフラが整った小さな島に拠点でも造る。

そんな生存計画に完璧な幽霊巡視船は、一樹にとって魅力的だった。

——ゾンビウイルスが世界に蔓延する可能性が高いとは思っていないけれど、凄く欲しかった。全く後悔はしていない。

幽霊巡視船の使役は、一樹の自己満足であり、男の夢であった。

そんな誰もが想像し得ない理由でPL二〇〇を使役した一樹にとって、PL二〇〇を獲得したことによるA級陰陽師としての格付けなどは、二の次であった。

そんな考えなど思いもよらず、御方は悩んだ後、結論を下した。

「賀茂は、A級中位で六位にしましょう。花咲が七位。二人が陸で戦えば、今は花咲が勝つけれど、対妖怪で考えると賀茂ね。呪力が大きいから、これからも式神は成長するか増えるし、最初から中位で良いわ」

御方が見立てを告げると、A級五位の陰陽師協会会長が恭しく頷いた。

「畏まりました。賀茂陰陽師のA級認定と序列六位を通達します」

どうやらA級六位になったようだと自覚した一樹は、自身の昇格と同時に、八位だったA級陰陽師が引退することも理解した。

喜びを露わにするのも、辞退するのも、相手の尊厳を傷つける。

一樹が険しい表情を浮かべたところ、元八位は御方に一礼して感謝を述べた。

「これまで我が身に余る栄誉を与えていただきましたこと、まこと感謝申し上げます。本日をもちまして後進に席を空け、お役目を終えさせていただきたく存じます」

「ええ、あなたも役に立ったわよ。お疲れさま」

「まこと光栄にございます」

御方と元八位との会話は、それで終わった。

それから帰港した一樹は、協会長からA級の仕事について説明を受けた。

A級陰陽師への昇格については、記者会見などの派手な発表は無い。

国家試験では、相応の効果がある霊符を作成出来る者だけが合格していると示す目的があるので、わざわざ中継している。

だが陰陽師は、対妖怪の兵器だ。記者会見で手の内を明かす謂れは無い。

幸いにして陰陽師協会は、官公庁ではなく、税金も投じられておらず、独立採算制の組織だ。したがって、昇格基準などを情報公開する義務も無い。

一樹に取材が来た場合、「協会を通してください」と答えて、あとは警察に任せて終わりだ。ごねるメディアは、協会への取材が禁止となる。

『本部の常任理事は、真のA級だけだ。先程、臨時の常任理事会が行われ、君の昇格が正式に定まった形となる。通常の常任理事会は毎年五月と一一月だ。欠席する場合は、委任状を出したまえ』

かくして一樹は、A級陰陽師に昇格したのであった。

◇◇◇◇◇◇

【まったり】上級陰陽師を語るスレ１４５

１：名無しの陰陽師
・B級以上の上級陰陽師に関して語るスレです
・引退した上級陰陽師についても可
・次スレは＞＞９７０が立ててください
・やんごとない口調での会話推奨ですわ

前スレ　【まったり】上級陰陽師を語るスレ１４４
https://www.1ch.net/test/read.cgi/medium/15415451
過去スレ倉庫
http://1chmedikklog.web.fc3.com/

２：名無しの陰陽師
【速報】瀬戸内海の幽霊海賊船、調伏成功
三月二九日一二：〇九配信　合同通信ニュース

瀬戸内海の幽霊海賊船団が調伏された。

陰陽庁と海上保安庁は合同で記者会見を開き、瀬戸内海の幽霊海賊船団を殲滅し、海域にて三日間、一隻も発生しなくなったと発表した。

瀬戸内海の幽霊海賊船団は、主に村上海賊の怨念が因となった怨霊集団であり、江戸時代頃から出現して長らく海域を支配していた。

調伏には、海上保安庁に出向した上級陰陽師が、先に沈没したＰＬ二〇〇を式神として使用。破壊した海賊船は、小型船五〇五隻、中型船一〇一隻、大型船二九隻に上る。投入した陰陽師側の被害は無かった。

政府は当該陰陽師に対して、幽霊巡視船の使役、ならびに活動を認めた。

3：名無しの陰陽師
海賊船団が四〇ミリ機関砲で吹き飛ぶ様子（政府公開）
https://www.YouTubo.com/watch?v=4511Idsoa-vaspo
逃げる海賊船と追う幽霊巡視船（政府公開）
https://www.YouTubo.com/watch?v=4615bdnio-vaspo
レーダーに映る船が消滅していく様子（政府公開）
https://www.YouTubo.com/watch?v=4945jbios-vaspo
晴れ渡った瀬戸内海の様子（政府公開）
https://www.YouTubo.com/watch?v=5048fsdjio-vaspo

4：名無しの陰陽師
A級　幽霊巡視船（大型船）一一七メートル（S級海竜の呪詛）
B級　幽霊安宅船（大型船）五〇メートル（村上海賊の怨念）
C級　幽霊関船（中型船）二〇メートル（村上海賊の怨念）
D級　幽霊小早船（小型船）八・四メートル（村上海賊の怨念）
E級　幽霊船員（武装海賊）
F級　幽霊船員（船の漕ぎ手）

5：名無しの陰陽師
＞＞1　華麗に乙ですわ
＞＞2－4　前スレに引き続きますのね

6：名無しの陰陽師
捕鯨船沈没事故で巻き添えになった大型巡視船、問題が解決したとは発表されておりましたけれど、まさか式神化していたなんて

7：名無しの陰陽師
くぁwせdrftgyふじこlp……でしてよ

8：名無しの陰陽師
A級一隻で、B級二九隻なんて倒せますの？

9：名無しの陰陽師
幽霊捕鯨船の早期対応で上がった内閣支持率

瀬戸内海の解放で、爆上がりのフィーバーですわね

10：名無しの陰陽師
政府が陰陽師の名前を出さなくても、
誰が使役したのか一目瞭然ですわ

11：名無しの陰陽師
＞＞8
D級のリザードマンが、E級のオークを
射程外から武器で一方的に殴り続ける感じですわ
だから二九体も倒せましたのよ

12：名無しの陰陽師
そもそもの話ですけれど、A級妖怪を使役できるのがおかしいですわ

13：名無しの陰陽師
あら、花咲家の式神がA級ではなくて？

14：名無しの陰陽師
花咲家は代々受け継いでいるからですわよ
花咲の犬神は、自分で力と消費を抑えて蓄電器のように呪力を溜め込み、必要な時に解放するのですわ
だからA級でも人間が使役できますの

15：名無しの陰陽師
巡視船も呪力を溜め込んでくれたのかしら

16：名無しの陰陽師
溜め込む時間なんて、全く無かった気がしますわ

17：名無しの陰陽師
生前に使役者と親しかったとかでないと無理ですわ
某八咫烏を使役しているB級陰陽師の方が、その目的で地道に育てておりましてよ

18：名無しの陰陽師
カラスの寿命は、野生で七年から一〇年、飼育で一五年から二〇年

気が長すぎますわね

19：名無しの陰陽師
動物系の式神ですと、使役者との意思疎通が大切ですの

20：名無しの陰陽師
雛から死ぬまで飼育すれば、家族として一族に憑きますわよ

21：名無しの陰陽師
花咲家みたいに、犬を拾って育てたら、実は犬神の子で氏神と化して一族を守ってくれるようになったとか、無いかしらねぇ

22：名無しの陰陽師
動物愛護団体に入って、一万匹くらい助けてあげたら、一匹くらいは犬神かもしれませんわよ

23：名無しの陰陽師

一万匹だと、毎日一匹ずつ助けても、二七年以上はかかりますわね

24：名無しの陰陽師
それで犬神がＦ級だったら、あまり意味もありませんわ

25：名無しの陰陽師
花咲家みたいに、使役者に完璧に合わせてくれる式神なんて
拾って飼ったところで、普通は育ちませんわよ
それが出来るなら、今頃は陰陽師協会も
Ａ級の式神使いで溢れていますわ

26：名無しの陰陽師
お姉様方にお聞きしたいのですが、今回倒された怨霊は、復活しませんの？

27：名無しの陰陽師
わたくしも気になりますわね
地元が瀬戸内海に面しておりますので

28：名無しの陰陽師
あれだけボコボコに削られたら
周辺海域から妖気を集め直すのも
数百年がかりになりそうですけれど

29：名無しの陰陽師
捜索期間が短いので、調伏漏れもあると思いますわ
それに一年もすれば、一隻や二隻は復活しそうですわ
それくらいなら、C級陰陽師で対応できそうですが

30：名無しの陰陽師
今回の依頼料、本当はお幾らなのかしら
B級二九体なんて、とんでもない金額ではなくて？

31：名無しの陰陽師
【各ランクの妖怪に対する報酬目安】
B級妖怪調伏＝一〇億円
C級妖怪調伏＝一億円

D級妖怪調伏＝一〇〇〇万円
E級妖怪調伏＝二〇〇万円
F級妖怪調伏＝二〇万円
※B級妖怪の調伏はA級陰陽師が行う

32：名無しの陰陽師
本来、A級陰陽師に一体ずつ倒させれば
二九体×一〇億円として、二九〇億円分のお仕事かしらね

33：名無しの陰陽師
国の支払いは、規定に基づく最低価格が基準でしてよ
A級陰陽師の評価で依頼したにしても、
村上海賊船団で一括りにして基本料金が一〇億円
そこから難易度で二倍に引き上げて、二〇億円程度だと思いますわ

34：名無しの陰陽師
誰もやりたがらないはずですわね
適正価格を払わないと、良い仕事は期待できませんわよ

35：名無しの陰陽師
今回は、巡視船と海上保安官の幽霊を使役したことについて
国民のコンセンサスを得る目的があったのですわ
これで二九〇億円を払ったら、
単に適正価格で仕事をさせただけになるので
巡視船の使役問題は延々と引き摺りますわよ

36：名無しの陰陽師
瀬戸内海を解放してもらったら、流石に文句は言えませんわね

37：名無しの陰陽師
瀬戸内海を安全にするために
巡視船を専従させているようなものかしら

38：名無しの陰陽師
それでしたら本来の役目通りですし
遺族も多少は納得できるでしょうね

39：名無しの陰陽師
そもそも二九〇億円なんて稼いでも
一体どう使われますの
千葉のネズミ園でも、貸し切りにされますの？

40：名無しの陰陽師
テニスのトッププレイヤーみたいなものですわよ
A級陰陽師になれば稼げるから頑張って！
という感じですわ
陰陽師を増やして妖怪を減らせば、使える土地も増えますから

41：名無しの陰陽師
投資に詳しいお姉さんが、預かってあげますわ！
ところで噂の陰陽師さん、未だB級では無かったかしら

42：名無しの陰陽師
幽霊巡視船の使役者、賀茂氏で確定ですの？

43：名無しの陰陽師
ほかに心当たりがあるなら教えてほしいですわ
B級陰陽師は、A級妖怪を使役できないから、B級ですのよ
国家試験でいきなりB級の牛鬼を使役していた賀茂氏くらいしか
A級を使役できそうな陰陽師は居ませんわ

44：名無しの陰陽師
ほぼ間違いなく、賀茂氏ですわね
A級が九人になるのかしら？

45：名無しの陰陽師
A級は八人とされていますから
おそらく最下位が勇退されますわ
五〇代でしたし

46：名無しの陰陽師
名目は世代交代でしょうね

引退後の名誉職も、沢山ありますから

47：名無しの陰陽師
既存のA級陰陽師でしたら
一位から三位の方々なら、使役が可能ではないかしら

48：名無しの陰陽師
A級妖怪を使役すると、その分だけ使える呪力が減りますわよ
陸で活動している方々は、いまさら海の式神なんて取りませんわ

49：名無しの陰陽師
一位の諏訪様＝歯牙にもかけず、無視しそう
二位の宇賀様＝他人に取らせて、笑ってそう
三位の豊川様＝必死に拝まれたら、応じそう

50：名無しの陰陽師
一位から三位で、万が一の可能性があるのは
りん……様だけですわね

51：名無しの陰陽師
りんちゃん、昔のお生まれなのに
お可愛らしい名前ですこと

52：名無しの陰陽師
失礼ですわよ
数百年前に作られた戸籍簿の『宗門改』にも
しっかりと載っている名前ですわ

53：名無しの陰陽師
りんちゃん様は
わたくし達を守ってくださる善狐様ですわよ

54：名無しの陰陽師
そんな善狐を騙す人間達
……頭痛が痛いですわ（重言

第六話　高校入学

四月に入り、一樹達は高校生になった。

高校は義務教育ではないので、陰陽師として稼いだ一樹は高校に通わなくても生きていける。

だが日本における高校進学率は、多少の変動はあるが九五パーセントを超えている。

高校で身に付けた知識を前提とした行政サービスも多々あって、通わなければ社会生活に不都合が生じることもある。

通うことに忌避感が無くて、通わないデメリットは大きい。

それらに鑑みた一樹は、順当に高校へ進学したのだ。


「家から学校までは、ちょっと遠いな。景色は良いけれど」

蒼依の家から高校までは、自転車で片道四〇分ほどだ。

山から下って海沿いを進むルートで、横道が少ないので信号は殆ど無い。

朝の時間帯には、職場も学校も無い山側へ向かう人はおらず、徒歩で山を下る人も居ないので、すれ違う車も、追い抜く歩行者の姿も無い。

朝八時三〇分が登校時間であるため、余裕を持って五〇分前の七時四〇分に家を出た一樹達は、海風が心地良い海沿いの道を自転車で走っていった。

すると一樹の隣を並走する蒼依が、困惑した表情で声を掛けた。

「幽霊船員の人達に、うちの家事をさせて、大丈夫なのですか」

蒼依の家に住んでいるのは、蒼依自身のほかに、一樹と沙羅だけだ。

以前には祖母の山姥も住んでいたが、襲われた一樹が正当防衛の末、陰陽師として追い払った。

山姥の追放後、式神契約をした一樹と蒼依は一緒に住むようになったが、家事に関しては主に蒼依が行っていた。男女平等が訴えられて久しい社会だが、一樹は言い訳を用意していた。

『一樹の呪力供与と、蒼依の生活環境の提供は、対等だ』

少し昔の日本では一般的だった、サラリーマンと専業主婦との関係に見立てたのだ。

専業主婦であれば、共働き世帯よりも家事が多くても、世間から理解されないだろうか。

そもそも家事を蒼依に任せていた件について、一樹は能力的にやむを得ないと考えていた。

料理は、蒼依であれば普通に作れる。

何しろ祖母との二人暮らしで、二世帯住宅で半別居状態だった。

そして一樹は、炊飯器は使えるが、味噌汁を作る際の味噌の量が分からない。

実際に二人が食べるのだから、どちらが作るのが正解かは自明の理だ。

洗濯は、一樹が行うのを午頃の蒼依は嫌がるだろう。

掃除は、一樹が蒼依の部屋を掃除するのは嫌ではないだろうか。

かくして家事は蒼依が大半を担っていたのだが、高校進学で通学時間が早まったことから、朝の時間的な余裕が少なくなった。

そこで料理、買い物、蒼依の部屋以外の掃除、八咫烏達の世話、蒼依達が不在時の留守番などは、一樹が使役する式神……幽霊船員の一部に任せた。

幽霊船員達は、同じ式神の蒼依や八咫烏とは一樹の呪力で繋がっており、意思疎通を図れる。

問題は世間の評価だが、一樹は厳かに、幽霊船員を使う建前を主張した。


「我々は、政府の依頼を受けて、瀬戸内海の異常時に対応する任務を継続中です。A級陰陽師として海上保安庁にも出向し、兼務で一等海上保安監（乙）とされる私の指揮下で待機状態の集団ですので、特に問題は御座いません」

政府から便利に使われてしまった一樹だが、その引き換えに、幽霊巡視船を好きに使えるお墨付きを得ている。

本件に関して政府と一樹は、互いに『win-win』で、双方に利益がある関係だ。

本来は必要な細かい手続きなども、瀬戸内海での除霊を継続中であるとの名目によって、海上保安庁が請け負ってくれている。

「良いのでしょうか」

「瀬戸内海の掃除を手伝う限り、政府が何とかしてくれるだろうさ」

疑わしげな蒼依の意見を押し切った一樹は、並走する蒼依と、後ろから和やかに付いてくる沙羅を連れて、花咲高校に登校した。

◇◇◇◇◇◇

田舎には、土地が有り余っている。

切り拓くには多額の費用がかかるが、開拓すれば広々と使える。

田舎を切り拓いた花咲学園は、高校、大学、幼稚園、保育士の専門学校を合わせた校地面積が、約五〇万平方メートルもあった。

日本の大学では、新潟大学と岐阜大学が五一万平方メートルで、一五位と一六位。

千葉にあるネズミ園の面積も、五一万平方メートルだ。

花咲学園の敷地内にある建物は、およそ五〇個。

そのうち一つが花咲高校の校舎で、別の一つが高校用の総合体育館。

一樹達は、立派な体育館で始業式を行った後、海を眺められる素敵な校舎の一年三組に入った。

「入学おめでとう。進学コースは一年三組から一年六組までの四クラスで、君達は進学コースの上位三〇名だ。二年になってクラスが落ちないように、これからも努力を続けるように」

進学コースの上には特別進学コース、下には普通コースがあって、受験時に併願もできた。

特進コースは、授業数が一日一時間多くて、放課後にも居残りがある。

現時点では、特進の最下位よりも、進学の最上位の学力が上だろうが、三年後には特進のほうが上になる。そんな勉強漬けの特進コースは、難関国立大学や、医学部に進学する集団だ。

普通コースは、授業数は進学と変わらないが、学力の要求水準は低くなる。

普通コースであろうとも、花咲高校の場合は偏差値が相応に高いのだが、普通コースの進路には専門学校や短大、高卒での就職なども入る。

一樹、蒼依、沙羅は併願しておらず、同じ三組で一緒に、勉強漬けではない一般的な高校生活を送るつもりだった。


「まずは全員の自己紹介だ。俺は、お前達の担任で佐竹忠之。三十路で、教科は社会科。花咲高校を卒業して、他所の大学で教員免許を取って、教師になって戻ってきた。だから大先輩でもある。言うことを聞けよ」

自身の名前を白板に書き込んだ担任は、次に『一・氏名』、『二・特技（習い事や得意なこと）』、『三・入ってみたい部活』、『四・今の目標』と書き込んで、生徒達に自己紹介を促した。

「廊下側の前から順に自己紹介しろ。白板に書いた一から四までを言え。一番後ろまで行ったら、次は隣の列の前から順だ。最初の奴、立て」

指名された生徒が立ち上がって、自己紹介を始めた。

自己紹介で挙げられた習い事には、男子は柔道や剣道、水泳や卓球などのスポーツ系が多く、女子にはピアノや習字、絵画やバレエなどが多い。

希望する部活も、習い事に関係するものが多かった。目標に関しては、「高校生活に馴染む」や、「大学に内部進学する」という謙虚で順当な内容が多かった。

生徒達の中で派手に目立ったのは、少し大人びた雰囲気を持つ、一人の男子だった。

「花咲小太郎。父がA級陰陽師で、俺も学んでいる。陰陽師に関する部活に入りたいが、無いから作りたいと思っている。陰陽師国家試験を受験する予定で、まずは合格が目標だ」

ほかの生徒の自己紹介が全て吹き飛ぶ、衝撃的な自己紹介だった。

小太郎は、先だって一樹が会った花咲家当主の息子であるらしい。

すなわち、花咲グループ会長にして学園理事長の息子である。

花咲家は、犬神が憑いた子が次代当主となる一子相伝のため、息子でも犬神が憑かなければ跡を継げないが、グループ子会社の社長などには為れる。

権力者だ、と、同級生達が認識した後、一樹の順番が回ってきた。

――ここは対抗するべきか。

一樹は、権力者を打倒すべき相手だとは思っていない。

だが、へりくだって、ごまをする相手だとも思っていない。

差し当って一樹は、折衷案を取った。

「賀茂一樹。A級陰陽師の一人です。入ってみたい部活は、今のところ未定です。花咲君が部活を作るなら、関心があります。目標は、普通の高校生活を送ること。以上です」

花咲当主と同じA級陰陽師だと名乗りつつ、順位で上だとまでは威圧しない。

そして部活を作るなら関心がある、と、歩み寄る姿勢も見せる。普通の高校生活を送ることが目標で、普通の体験が出来れば嬉しいと、一般の同級生との学生生活にも配慮する。

自重したつもりの一樹の自己紹介は、小太郎には伝わったが、A級の肩書きは衝撃的で、先に行われた自己紹介の印象をしっかりと吹き飛ばした。

一樹の自己紹介の後、何人かを挟んで蒼依と沙羅が挨拶した。

「相川蒼依です。特技は、手芸でしょうか。賀茂さんの陰陽師事務所に所属していますので、部活は賀茂さんと同じところに入ります。今の目標は、家族の平穏無事、無病息災です」

「五鬼童沙羅です。習い事は、色々していました。それとC級陰陽師で、一樹さんの事務所に所属していますので、部活も同じにします。目標は、内緒です」

沙羅が一樹を見詰めて微笑んだところで、同級生の一部が色々と察した。

それに対して担任は、「良し、次！」と流して、直感的に危険を回避した。

◇◇◇◇◇◇

『陰陽師の同好会を作る。生徒手帳を確認してくれ』

入学初日。教室で自己紹介が終わり、年間行事や時間割の説明が行われている最中。

前の席に座る小太郎が、一樹にメモを渡してきた。

一樹がペラペラと手帳を捲っていくと、同好会と部活の要件が、小さな文字で記載されているページがあった。

【同好会の設立に関する規定】

・生徒五名以上と、教員の顧問一名を以て構成する。
・学園敷地内に活動場所を確保する。
・本校の教育方針に反しない。
・職員会議で審議し、校長の承認を得る。

【部活の昇格に関する規定】
・生徒一〇名以上と、教員の顧問一名を以て構成する。
・昇格願いと活動実績を提出する。
・部長会で審議し、承認基準に沿って承認を得る。
・職員会議で審議し、校長の承認を得る。

規定を確認した一樹は、自分のクラスだけで一〇名以上を集めるのは、相当厳しそうだと理解せざるを得なかった。

なぜなら自己紹介の最中、希望する部活動を述べなかった生徒が居なかったからだ。

同級生達は担任に言わされて、現在の希望を述べただけであろうが、一樹達と小太郎の四名を除き、クラスメイト二六名から六名もの希望者を集められるのかは、疑わしい。

そう考えたところで、小太郎が新たなメモを回してきた。

『同好会を作る。部活にする必要はないが、あと一人、辞められた時の保険で二人は必要だ。この後、呪力の高い人間を誘いたい。調べられるか？』

メモを読んだ一樹は、中々良い手際だと感心した。

明日行われる部活動紹介の前に勧誘すれば、勧誘の成功率が上がるだろう。


同好会ないし部活に関して、一樹は設立に参加する方向で考えていた。

高校生活を満喫する予定の一樹にとって、部活への参加は目的に適う。

だが野球部やサッカー部に入って、頭を丸刈りにした後、先輩の厳しい指導に耐えて甲子園や国立競技場を目指すのは、心の底から遠慮したい。

そもそも一樹は、上級陰陽師であるために、緊急依頼も有り得る立場だ。

急な不参加になると、ほかの部員に迷惑を掛けかねない。そのため自由に活動できる同好会の設立は、一樹と相手の双方にとって望ましいことだろうと一樹には思えた。

小太郎の求めに応じた一樹は、水仙に指示を出した。

『天井から妖気の糸を垂らして、抵抗力で呪力を確かめてくれ。うちのメンバーと花咲を除いて、高い順に三人、どれくらいかも教えてくれ』

人は誰しも、最低限の呪力は持っている。

この世では、古来より怨霊が蔓延り、人間に取り憑いて苦しめてきた。

結果として人間側が環境適応して、多少の呪力は持つようになった。

呪力の高い人間の一部は、抵抗の術を編み出して陰陽師と為り、呪力を鍛え、血統による継承を行っている。

家を継がない者の子孫にも、陰陽師の血は混ざる。

そのため一般人にも、呪力の高い人間は存在する。

陰陽師の教育を受けなければ、単に呪力が高いだけの一般人は、陰陽師が教えることで、多少の術は扱えるようになる。

一樹が期待したのは、霊符作成が可能な程度の呪力を持つ人間だ。

はたして水仙の調査結果は、意外なものだった。

『一番上が、中鬼の上位くらい。二番目が、小魔の上位くらい。三番目は、小鬼の三分の一くらい。一番目と二番目は、人間じゃないみたい』

水仙からの報告に、一樹は目を見張って驚いた。

人間社会に混ざる非人間の比率など知らないが、二人も居るのは想像より遥かに多かった。

もっとも山姫の蒼依や、鬼神と天狗の血を引く沙羅が身内に居る一樹は、非人間を否定する立場ではない。

学校に通っている以上、戸籍があって、行政も存在を認めているのだろう。

結果について小太郎に伝達したところ、勧誘の分担が示された。

『一番と二番を誘う。賀茂は一番を頼む』

示された分担について、一樹は納得した。

相手がD級上位の力を持つ非人間であれば、力で及ばないかもしれない小太郎よりも、格上の一樹が対応するのが順当だ。

担任の話が終わるまでに、一樹と小太郎は活動内容を詰めた。

『活動内容は、陰陽に関する自主学習と、霊符作成。実績は、陰陽師国家試験への受験で合格者を出す。特典は、夏休みに瀬戸内海のクルージングを予定……で、どうだ』

活動にクルージングを加えたのは、どのみち予定している瀬戸内海の仕事に、夏休みの旅行を兼ねようと思ったからだ。

瀬戸内海の安全確保に要する国の予算は、一樹から見れば充分に取られている。

何しろ幽霊巡視船の維持に必要なのは一樹の呪力で、それにかかるコストはゼロだ。

一樹が瀬戸内海で活動する際に、手伝いをする補助者として数名分の旅費を計上したところで、予算が足りないという事態は起こり得ない。むしろ計上した予算が余りまくって、使い切れずに困るだろう。

補助者の役割は、活動する陰陽師の食事の補助要員など、様々に名目を立てられる。

それらの経費を認められなかった場合、一樹が「必要経費を削られて、自費で補いました、赤字になったので、もう依頼は受けません」と言えば良い。

一樹にとって大した金額ではないし、行政側の落ち度によって、晴れて自由である。

代替できる陰陽師が居ないために、監査した側は青ざめて、理由を付けて払うだろうが。

一樹が小太郎にメモを回して暫く後、返答が書かれたメモが回ってきた。

『顧問の確保と、理事長（親）への説得は、俺に任せろ。今日中に顧問と活動場所も確保したい。まずは人数確保だ。頼んだぞ』

職員会議と校長をすっ飛ばして、学園の理事長に話が飛んでいった。

小さく苦笑した一樹が了解を伝えたところで、担任の話が終わった。

高校初日が解散となったところで、同級生達が帰る前に、小太郎が勧誘に向かった。それを見た一樹も、Ｄ級上位の女子生徒の所へ向かい、声を掛けた。

「赤堀柚葉《あかぼりゆずは》さん、花咲と作る陰陽同好会に誘いたいんだけど、話を聞いてくれないか」

唐突に話し掛けられた柚葉は、驚きつつも頷いた。

一樹と小太郎が自己紹介の際、同好会を作ると話していたからだろう。

相談の同意を得た一樹は、周囲の席の生徒が関心を向ける中、活動内容、実績の目標、活動費、特典などを説明した。

国家試験の合格者を出す件については、そもそも花咲家の小太郎が落ちる可能性は皆無に近い。

犬神が憑く花咲家は、環境要因によって子孫達も呪力が高くなる。

流石に五鬼童家ほどに妖の血を色濃く引くわけではないため、直系でも呪力はＥ級からＤ級に収まり、成長しても一ランク上が常識的な範囲だ。

だが呪力的には充分であり、二次試験に落ちることは考えられない。

中学三年生では諸般の事情があって受験しなかったのだろう。

呪力は中学三年よりも高校一年のほうが高く、対戦試合での勝率も高校一年のほうが高い。中学三年には受験もあって、準備も万全には出来ない。そのため高校での受験に先送りしたのだろうが、今年は落ちないだろう。


小太郎が試験に受からない場合でも、柚葉の呪力であれば通ると考えられる。

今年の試験も五鬼童家が担っており、A級陰陽師の一樹が推薦すれば、流石に落とされない。

同好会が実績作りに掲げる目標は、達成可能だろうと、一樹は考えている。

「クラス全員に呼び掛けないのは、呪力が少なくて霊符を作れない場合、つまらないかもしれないからだ。その点、赤堀さんは呪力があるから、確実に霊符を作れる。関心があれば、陰陽師国家試験を受験する手伝いもする」

一樹は周囲の生徒に勧誘を絞った理由を聞かせつつ、説明を重ねた。

「顧問と部室は、理事長の息子の花咲が手配するから、良い部屋を確保させようと思っている」

後は、何を言えば入ってもらえるだろうか。

一樹は自分の立場で考えて、お薦めポイントを並べ立ててみた。

「怖い先輩も、上下関係も無い。陰陽関係で困れば手伝えると思う。同好会に入ってくれないか」

陰陽関係で困れば……と、一樹が言及したのは、相手が非人間だからだ。

上級陰陽師であれば解決し易いのでどうかと質したところ、効果は見事に表れた。

「はい、入部しますね。同好会は入会でしょうか。よろしくお願いします」

「あ、ああ。こちらこそ。よろしく」

目尻が下がり、口元がにやけた柚葉は、隠そうとして隠し切れない喜びを表情に浮かべながら、一樹の手を握り、何度も頷いた。

高校入学の初日で男子の手を握って振れば、周囲から最大級の注目を浴びてしまう。

女子が集団からハブられると、男子の比ではなく辛いと聞くが、果たして大丈夫なのか。

クラス中の耳目を集めながらの行為に若干の不安を抱きつつも、確保したのか、逆に確保されたのか分からない立場の一樹は、五人目の入会を確定させた。

勧誘を終えた一樹が小太郎のほうを見ると、そちらは手こずっている様子だった。

「ほかの部活と兼部が出来るなら、入りたいんですけど」

「兼部は出来ない。陸上部とテニス部を兼ねたら、片方は練習に行けないだろう。活動に来ない生徒に護符を渡すと、活動している生徒が不公平に思うから、兼部は無しで考えてもらいたい」

「そうですよね」

柚葉の確保で五人は揃ったが、相手は非人間であり、突然抜ける懸念が拭えない。

安定的に活動するのであれば、念のためにもう一人は確保したい。

断りそうな雰囲気に鑑みた一樹は、勧誘に参加した。

「途中から、すまない。俺も一緒に同好会を作る立場だ」

説得に参加した一樹は、相手が何部との兼部を希望しているのかを予想する。

「祈理香苗さんが、吹奏楽部などを考えているのなら、確実に演奏が巧くなるのは、吹奏楽部に所属することだと思う。音楽大学に進学したいなら、吹奏楽部に行くべきだと思う」

一樹が相手を吹奏楽部と仮定したのは、相手の髪型が、とても運動部には見えなかったからだ。単に長いだけではなく、巻いて手入れもしており、運動部で大会記録を狙っているとは思えない。文化部系で、かつ所属しなければ技量向上に影響が大きい部活は、何なのか。

それを考えた一樹が、真っ先に思い浮かんだのは、吹奏楽部だった。

「だけど高校生活を楽しみたいなら、うちも悪くないと思う。クルージングのほかにも無料で旅行できるし、女子はほかに三人居る。それに祈理さんの呪力的に、国家試験に受かりそうだ」

相手がE級陰陽師になることを望んでいるのかは定かではない。

そのため一樹は、勧誘に軌道修正を試みた。

「試験を受けなくても、夕日で真っ赤に染まる太平洋の船上で、ギターを弾いて歌ってみるのも、楽しそうじゃないか。俺は一緒には弾けないけど、ステージは用意するから、どうだろうか」

「そういう協力もしてくれるんですか」

当てずっぽうの吹奏楽が正解だったのだろうかと考えた一樹は、直ぐに協力を請け負った。

「勿論。最近はネット配信も流行っているよな。俺の動画配信チャンネルには、面白半分の登録者も沢山居る。同好会でクルージングに行きましたと言って、演奏を聴かせたら、客に出来る。あの人達で良ければ、好きに使って大丈夫」

「……分かりました。良いですよ」

チャンネル登録者を盛大に売り飛ばした一樹は、六人目の会員を確保した。

◇◇◇◇◇◇

「A級の賀茂陰陽師、C級の五鬼童陰陽師と、陰陽同好会を作ることにした。設立メンバーに同級生六人を集めたから、顧問と部室が欲しい」

メンバーを確保した小太郎は、教室の一角に陣取ったまま、学園の理事長を兼ねる父親に直接電話をかけた。簡潔だが、要点がまとめられており、強烈な印象を与える要請だ。

同級生も、担任すらも、小太郎の行動を唖然と見守っている。

小太郎の第一声は、A級の賀茂陰陽師だ。

先だって一樹は、A級六位だった小太郎の父親を七位に下げている。

自分より上位の人間の名前を出されれば、普通に考えて無視できない。

さらに続くのが、五鬼童である。そちらはA級四位の五鬼童義一郎ではないが、姪であり、何かあれば五鬼童家に報告を上げられる。

そんな二人と共に、花咲の名を持つ小太郎が、陰陽同好会を作る。

A級の三家で協力関係を結ぶようなもので、それに花咲だけが反対すれば、二家と非協力的な道を進むと捉えられかねない。

果たして理事長は、息子に指示した。

『賀茂陰陽師と、電話を代わりなさい』

息子以上に端的に告げた理事長は、電話を代わった一樹に意図を問うた。

『二週間ぶりですね。小太郎から、陰陽同好会を設立すると聞きましたが』

「はい。高校生活を送るにあたり、小太郎君の提案に乗って、同好会を作ろうと考えました。普通の部活に入ると、周りに迷惑が掛かりますし」

一樹は自身の事情について説明した。

A級陰陽師であり、急な要請で大会に出られなくなることが起こり得る。

社会的な優先順位は人命だろうが、部員達は不利益を被るし、A級陰陽師が部員の前例など無いであろうから、不利益の救済も行われない。

すると不利益を蒙った部員が不満を持ち、周囲の人間関係も悪化する。

だが陰陽同好会であれば、陰陽師の活動は理解される。一樹は大会なども気にせずに、高校生活を謳歌できるだろう。

活動内容については、一樹が柚葉に説明した内容を伝えた。

霊符作成や陰陽師国家試験は、安全が保証されている。

受験生同士の対戦は有るが、それも霊符で守られる。

同好会は安全で、一樹達の卒業後も存続可能だ。

それらを説明したところ、理事長は理解を示した。

『同好会を設立する場合、目的に沿うために必要な資金は、理事長である私が個人的に出します』

気前の良い話だが、同好会が実績目標に掲げた『陰陽師国家試験で合格者を出す』対象には、花咲小太郎が含まれる。

息子の国家試験合格にかかる費用を出すのは、おかしな話ではない。

そもそも花咲家は、大成功を収めた花咲爺の子孫だ。

花咲爺に成功を収めさせたのは飼っていた犬で、その犬が氏神となって、代々の花咲家に憑いた。

そのため幽霊船で大金を稼いだ一樹と比べても、三桁くらいは大きな資産を持っている。

花咲グループも経営しており、陰陽師として活動しなくても、呆れるほどの収入が入る資産家が花咲家だ。


遠慮する必要がないと理解した一樹は、礼を述べた。

「ありがとうございます。それでは理事長にお願いします」

そして話の流れからは、既に設立は認められたらしくある。

設立要件のメンバー五人を集め終えており、部活と同好会の数よりも教師の数が多く、広い花咲学園に活動場所が足りないはずもない。同好会を設立する前提条件は、揃っている。

そして陰陽師は、公益性も高い。

『これから校長に連絡した後、もう一度電話します。そうしたら、校長室に行ってください』

結論を省略した理事長は、一樹に手順を告げた。

それに対して一樹が了解の旨を返すと、話は決着した。

――理事長が生徒の俺に丁寧だったのは、陰陽師の序列かな。

陰陽師には、古来より多大な犠牲を出しながら生まれた不文律がある。

それは『名家や大家の子弟であろうと、下位者には指揮を任せられない』というものだ。

修行や能力不足の陰陽師に指揮されて、犠牲を出せば、目も当てられない。

『対妖怪で共働するに際しては、最も優れた陰陽師が指揮する』

『自分より上の陰陽師には従え。然もなくば引っ込んでいろ』

数多の犠牲を積み重ねて生まれた不文律は、相応に影響力がある。

六位と七位では大差ないが、序列で下位の七位が、上位の六位に偉ぶるのは、陰陽師の世界では愚かしい行為だ。

花咲家が陰陽大家であればこそ、将来に自家の首を絞めないために、率先して範を示さなければならない。

だが年少者で、接近戦では負けると言われている一樹は、渋面を浮かべた。

どのような状況でも一樹のほうが花咲よりも強ければ、一樹にも気持ちの切り替えようがある。

だが接近戦では花咲に負けるのだと、一樹は御方から評価されていた。

そのため自分が、花咲よりも上の実力者なのだとは認識していなかった。


――水仙をA級にして、近接戦闘も出来るようにするかな。

十二分な呪力を与え続ければ、式神も成長する。

小鬼がA級になったりはしないが、親がA級の絡新婦だった水仙であれば、A級に至る可能性は充分にある。

問題があるとすれば、一樹の死後だ。

水仙は一樹に従うが、それは一樹が契約を履行できる呪力を持った術者だからで、水仙の倫理観が高いわけではない。

はたして『水仙は水辺に育ち、長く清らかに在る』との話は、何処へ消えたのだろうと思い馳せた一樹は、ゆっくりと首を横に振った。

そうした妄想を続けていると、理事長から小太郎のスマホに連絡が入った。

「父親から連絡が来たが、『手配した。メンバーと担任の先生と一緒に、校長室へ行きなさい』だそうだ」

一樹達の視線が、様子を窺っていた担任へ、一斉に向けられた。

「俺は、歴史研究会の顧問だぞ」

同級生達の哀れむ視線が、担任へと突き刺さった。

同級生六人で同好会を作ったと報告したため、顧問の候補として、最も話が早い担任に白羽の矢が立てられたのだろう。

それくらいであれば、社会経験のない高校生達にも容易に想像が付いた。

「まだ先生が呼ばれた理由は、分かりませんよ」

とりあえず何か言わなければならないと思った一樹が、僅かに間を置いてフォローすると、担任はあきらめ顔で立ち上がった。

「はぁ、お前ら行くぞ。校長室の場所なんて知らないだろ」

一樹達と一緒に呼び出された担任が、渋々と立ち上がる。

その後ろにゾロゾロと付き従った一樹達は、校長室に向かった。

ネズミ園ほどの敷地がある花咲学園だが、校長室は高校の校舎内にある。

ノックして先に入った担任に続いて踏み入ったところ、校長室はネットで公開される市長室のように立派な部屋だった。

土地が広くて予算も潤沢な学校らしく、オフィス家具が高価で、有力者と打ち合せできる机や椅子が置かれており、間取りも陰陽同好会の活動場所に出来るくらいに広かった。

そんな脅威の妄想を繰り広げる生徒を招き入れた校長は、早速担任に指示した。

「佐竹先生、陰陽同好会の顧問を兼任してください。今担当していらっしゃる同好会には、副顧問を付けます」

「はい、分かりました」

即座に応じた担任の背中に、一樹達はサラリーマンの悲しき性を見た。

「同好会の部屋は、高校の校舎と繋がるR棟の七階、多目的会議室Dです。広さは教室の半分で、同じ広さの保管室が繋がっています。管理室に行って、部員のIDを作ってください。理事長先生が連絡済みです」

「分かりました。後で連れて行きます」

大学の施設を使わせるのは、セキュリティの問題だろうか。

氷柱女に渡す三枚で一〇〇〇万円の護符などは、確かに管理を要するだろう。

元々の資金を出す花咲家の小太郎と、一樹の事務所メンバーだけであれば、霊符は自由に使い放題にして、在庫が無くなれば一樹が勝手に補充すれば済む。

一樹の有り余る呪力を用いれば、霊符を作るのは労苦ではない。

材料もコピー用紙などで済ませられるので、用意するのも手間ではない。

だがセキュリティが甘い高校の同好会室に、末端価格が一〇〇〇万円の霊符が山積みになっているのは、あまり良くない状況だろう。

転売できるのかはさておき、わざわざ生徒達の自制心を試す必要はない。

「活動に必要な物品は、花咲君から理事長に報告と聞いています。それと明日は、部活動と同好会の紹介日です。各部二分以内の紹介動画を作って流しますが、君達も活動紹介をしますか?」

校長から問われた一樹と小太郎は、互いに顔を見合わせた。

「賀茂は、動画チャンネルを持っているよな。適当に作ってくれ」

「手っ取り早く、瀬戸内海の幽霊船を蹴散らす動画に、声と字幕を入れても良いか?」

「それは派手で良いな」

盛り上がる二人に対して、校長は釘を刺した。

「紹介動画は、君達以外の生徒が出来る内容にしてください」

指摘された二人が担任の顔色を窺うと、担任が目力で、『お前ら自重しろ』と訴えた。

「R棟は大学所有の建物だが、高校も色々と使わせてもらっている」

校長室を出た後、担任から実際に口に出しての『お前ら自重しろよ』との有り難いご指導を賜った一樹達は、活動場所である大学側のR棟に案内された。

花咲大学は、学園敷地内に五〇もの建物を持っている。

高校の校舎や体育館、教員棟も一棟に数えられるので、相応に大きくて資金も投じられている。

それらの中で、アルファベットの名前が付けられた建物は一九棟ある。

R棟は、高校の校舎と連絡通路で繋がった大学の建物だ。

高校の校舎は四階建て、R棟は七階建て。

R棟のほうが新しくて、立派な造りになっている。

「R棟は、俺が高校生の頃は建設中だった。一階はレストラン街、カフェ、売店、休憩スペース。二階が大講義室と管理室。三階から五階は、講義室や教室。六階と七階が会議室などだ。お前らが、羨ましいぞ」

顧問を兼ねることになった担任は、隣接するR棟を絶賛した。

「どうして高校の校舎よりも、大学に沢山ある建物の一つであるR棟のほうが、立派なんですか」

使用頻度や外部への広報を考えれば、高校の校舎が立派であるほうが良いのではないか。

高校生側の立場で考えた一樹に対して、担任は端的に告げた。

「築年数が、新しいからだ」

大いに納得した一樹は、古い校舎の二階からガラス張りの渡り廊下を抜けて、R棟に向かった。

渡り廊下の片側は、高校のグラウンドが見えており、その先には海が広がる。

反対側は敷地内の並木道で、左右には大学の建物が並んでいた。

「高校の校舎にも、学生食堂がありませんでしたっけ？」

柚葉が尋ねると、担任は苦笑しながら説明した。

「うちの学食は高校の直営で、早くて安いが、メニューも少ない。日替わり定食は二種類で、Aが肉、Bが魚。そのほかには、カレー、丼物、おにぎり、焼き飯しか無い。一番高くて三八〇円のお手頃価格だが、必要最低限だ」

大学のレストラン街やお洒落なカフェと比べると、落差が甚だしかった。

生徒数が少なく、懐具合も察せられ、売り上げが期待できない高校の学食は、簡単に作れてコスパも良いメニューにならざるを得ないのだろう。

「大学のほうは、立派なんですか」

「勿論だ。メニューが豊富な学生食堂、洋食屋、パスタ専門店、大手カレー専門店、コーヒーチェーン店、クレープ屋もある」

渡り廊下からR棟に入ると、二階の吹き抜けからは一階のレストラン街や、点在する休憩スペースが視界に入った。

大学生らしき私服の人達の姿が多数見られる中には、花咲高校の学生服を着た生徒達が何人も混ざっている。

上からざっと眺めただけで複数居るのだから、それなりに来ているのだと思われた。

「高校の生徒も、大学の建物を使っても良いんですね」

一階を見下ろした香苗が尋ねると、担任は鷹揚に頷いた。

「うちの高校は、昼休みが一二時三〇分から一三時三五分までの一時間五分だ。R棟に行って、注文して、食べて戻ってくる時間も考えて、昼休みを延長している。本当に、良い環境になったな」

羨む担任の言い分に、一樹は納得した。

だが教師として戻って来た担任は、恩恵を享受できる。高校で三年間、大学まで通っても七年間しか使えない一樹達よりも、定年まで長らく使える担任のほうが、便利かもしれない。

三〇年も経てば古くなるだろうし、職場であればほかに移ることもできないだろうが。

「昼食に大学生も来たら、場所が足りなくなりませんか」

一樹も思い付いた疑問を担任に尋ねた。

高校は一学年三〇〇人で、三学年で合計九〇〇人。

大学は、四年制で全学部を合わせて、合計七〇〇〇人。

注文の殺到や、席の取り合いになると、昼休みが足りなくなるかもしれないと思ったのだ。

「大学生は、ほかにも四ヵ所ほど食べる場所がある。それにうちの生徒も、大多数が高校の学食に行く。大学のレストランは、高校より高いからな」

高校生の昼食代と小遣いでは、毎食大学側は厳しいようだった。

高校生にとって限られた小遣いの用途は多々あって、昼食だけには費やせない。

昼食の知識に限り、先輩並に詳しくなった面々を引き連れた担任は、そのまま二階にある管理室に立ち寄った。

管理室には大学の職員が居て、一樹達のＩＤカードを発行してくれた。

その場で六人の顔写真を次々と撮られた。

パソコンで一斉に写真の取り込みが行われて、発行機で手際よくＩＤカードが作られていく。

「許可の範囲は、Ｒ棟と高校との連絡通路、Ｒ棟時間外出入り口、七階多目的会議室Ｄです。扉にあるバーコードの読み取り機に、カードのバーコードを翳して、読み取らせます」

カードを作りながら説明する職員は、非常に手際が良かった。

あっと言う間にＩＤカードを渡された一樹は、両面をしげしげと眺めた。

ＩＤカードの表には、番号、顔写真、氏名、所属、バーコードが入っている。

そして裏には、おそらく誰も読んでいなさそうな注意事項が、細かい文字で印字されていた。

カードを渡した職員は、印字されていないであろう注意事項を告げた。

「通行者と通行時間は、記録されます。扉を閉めると自動ロックされます。部外者を入館させる際は、管理室に寄り、名前と所属を記載してください」

なお大学生の場合、学内ではクレジットカードと連動した学生証になる。

教員の場合は、給与から天引きされる身分証明書となるそうだ。

高校生の場合は買い物に使えず、通行用の鍵であるにすぎない。

カードを無くした場合は、管理室に届け出れば、IDを無効化したうえで再発行してもらえる。

一通りの説明を聞き終えた一樹は、財布のカード入れにIDカードを仕舞い込んで、担任らと共に管理室を後にした。

陰陽同好会に与えられる多目的会議室は、R棟の最上階となる七階だ。

七階には、D室以外にも多目的会議室がA室からC室まであって、ほかにも扉の上のプレートに倉庫と書かれた部屋が複数あり、非常扉があって、その先には広いベランダが広がっていた。

七階は半分くらいベランダであるが、火災が発生した時、屋上から逃げるためだろうか。

一樹が幽霊巡視船の大きさについて調べた時、オフィスビルは一階が四メートルだった。

六階の屋上にあたる高さであれば、二四メートル。

消防のはしご車は三〇メートルに届くので、とりあえず助けてもらえるらしいと思いながら、一樹はD室に入った。

「窓から海が見えるな」

小太郎が満足そうに評した窓からは、高校のグラウンド、その先にある浜辺、そして大海原が一望できた。

D室内には、三人掛けの白い長机二つが縦に並べられている。その両端に二人掛けの白い机が置かれて、机に合わせて椅子一〇脚が置かれていた。

そのほかにはホワイトボードが一台あって、壁には時計が掛けられている。

天井からはスクリーンを引き出せて、コンセントやLAN回線もあったが、パソコンは置かれていなかった。

同じ広さの保管室には、プロジェクターがポツンと置いてあったが、現在使う予定は無い。

「保管室には呪具を置いて、霊符の作成室にするか。後は、調べ物とか作業のためにも、六人分のオフィス机とパソコンが欲しいな。後は鍵付きの戸棚。保管室にはロッカーも。小太郎、理事長への連絡は頼んだ」

理事長と同名で呼び難いと感じた一樹は、小太郎を下の名前で呼び捨てつつ、様々な物品を要求した。

「伝えておく」

あっさりと応じる小太郎に対して、一樹は謙虚に安い物で良いと補足するか、大富豪の花咲家なので遠慮せずに集《たか》るかを悩んだ。

そして結局、開き掛けた口を閉ざしたのであった。

◇◇◇◇◇

「学生の本分は、勉強だ。これから新入学テストをする」

「「「ええぇーっ」」」

入学二日目、担任が放った言葉に、生徒達から不満の声が上がった。

学力テストとは、現在の学力を測る目的で行われるものだ。

そして現在の学力を測りたければ、入試の点数を見れば良い。

なぜなら高校入学二日目の一樹達は、高校入試後に、中学と高校のいずれも、新たな範囲の授業は受けていない。

であれば現在の学力は、入試の結果と殆ど同じであろう。

そんな生徒達の言い分など全く通用せず、担任は有無を言わせずにテストを配布した。

「今日の一限から五限までは、五教科のテストだ。その後、新入生への部活動紹介がある。若干六名、自分達で同好会を作った奴等も居るが、母校にある部活くらいは知っておけ。それでは、楽しいテストだ」

抜き打ちテストを出す側は楽しくても、受ける側はあまり楽しくない。

立場の違いから生じる認識不足が、人間同士の諍《いさか》いを引き起こす……等と、かっこよさそうな言葉を妄想した一樹は、テストの秘技を発動した。

『水仙、頼むぞ』

『はいはい、仕方がないなぁ』

式神使いにとって、式神は自らの力のうちである。

したがって水仙を使うのは、陰陽師の一樹にとっては実力のうちだ。

医者になるのだったら、しっかりと勉強しろと言われるだろう。正しい知識を持っていれば、正しい判断に繋がって、医療行為の助けになる。

だが一樹の場合、将来は陰陽師になるのだから、まったく問題ない。

むしろ式神を扱う技量が向上して、調伏できる妖怪の質と量が上がり、人々のためにもなる。

マニュアル運転ではなく、オートマチックでテストに補助を受けながら、一樹は入学二日目の抜き打ちテストに対応した。

一限から四限までのテストが終わった一樹達は、高校側の学食で食事を摂ることにした。

それは未だ続くテスト勉強の時間を確保するために、昼食時間を短縮するためだ。何しろ大学の学食は、出てくるまでに時間がかかると聞いている。

同好会に入った柚葉と香苗は弁当持参だったが、校舎の中庭にあるオープンテラスには食器のトレイを持ち出しても良いので、全員で学食側に向かった。

中高生の女子は、必ずと言って良いほどグループを作る。

男女合わせて三〇名のクラスで、蒼依、沙羅、柚葉、香苗が四人でグループを作れば、女子の四分の一を占めて、クラス内で孤立しない。

彼女達は、早速グループを作ったらしかった。

もっとも男子の小太郎は、大学側で食べてみたかったらしく、女子のグループには構わずに大学側のカフェへと向かって行ったが。

「どうして、こんなに安いんだろう」

オープンテラスでカツ丼を頬張る一樹は、値段に対して首を傾げた。

一樹達が注文したメニューは、一樹がカツ丼、蒼依がカレー、沙羅が日替わり定食Bだ。

カツ丼には、味噌汁とお新香が付いており、価格は三八〇円である。

これをチェーン店で食べれば、一〇〇円以上は高くなるだろう。

味はチェーン店に及ばないが、だからといって不味くはなくて、ボリュームもそれなりだ。

「昨日先生が、学食は高校の直営だと言っていました。だから安いのでしょうか」

蒼依も三八〇円のカレーを食べながら、やはり安いと評価した。

カレーにはお新香も付いており、ボリュームも普通だ。

花咲市の大型スーパーには、同じ値段でカレーを売るところもある。

だがスーパーの場合は、売れ残りの食材を捨てるのが勿体ないので、弁当や総菜に変えて売っている。学食が食材を仕入れて作る場合、三八〇円では採算が合わないだろう。

「そうかもしれませんね。人件費も考えると、採算は合わないと思います」

蒼依に賛同した沙羅の定食Bも、ご飯、汁物、小鉢、サワラの塩焼きで三五〇円とリーズナブルだった。

一樹は魚の相場までは知らないが、焼き魚定食を三五〇円で提供する学食があったら、真っ先に経営を心配する。

――おそらく花咲家かグループから、相応に補助が出ているのだろうな。

一食あたり一〇〇円を補助したとして、生徒の半数にあたる四五〇人が毎月二〇日間利用して、年間の補助額は一〇八〇万円程度だ。

その程度であれば慈善事業の感覚でやれるだろうし、生徒や保護者に花咲グループを宣伝する効果があって、将来の従業員の獲得にも繋がる。

そのように考えると、花咲家にとっては回収の見込みがある投資のようにも思われた。

「お弁当を作るより、安いかもしれませんね。でもメニューの種類が少ないし、好きな物を入れられないし、どうしようかなぁ」

沙羅の魚定食を見た柚葉は、自分の弁当と見比べて、手作り弁当と食堂の価格を比較し始めた。

そんな様子を見た沙羅が、柚葉に尋ねる。

「もしかして柚葉さんは、ご自分で作っているのですか」

柚葉が人間に化けている何らかの物の怪であることは、一樹が昨日のうちに、蒼依と沙羅にも共有している。

一樹は自分の陰陽師事務所を構えており、蒼依と沙羅は従業員だが、三者はいずれも相手が妖怪だからといって調伏するつもりは無い。そもそも蒼依自身が、山姥の孫娘だ。

だが沙羅は一樹の立場に鑑みて、柚葉について知っておいたほうが良いと考えた次第である。

はたして注目を浴びた柚葉は、呆気なく答えた。

「柚葉で良いですよ。わたし、群馬県から花咲高校に来て、一人暮らしなんです」

「それでは私も、沙羅と呼んでください。群馬県は、ちょっと遠いですね」

花咲高校は、生徒が使える設備こそ国内最高峰だが、偏差値は最高峰ではない。

またアスリート養成校でも、大学に医学部が有って内部進学できるわけでもない。

そのため県内の生徒は喜んで来るが、他県の生徒が目指す高校とは言い難い。

なぜ花咲高校に来たのかと言外に尋ねた沙羅に対して、柚葉は笑みを浮かべた。

「昨日、賀茂さんから『陰陽関係で困ったら手伝える』と言っていただけましたので、放課後にご説明させてください。ちょっと困っていて、何とかならないかなと思って入学したんです」

「つまり、一樹さんと同じ高校に通おうと思われたのですか」

目が笑っていない沙羅の問いに、柚葉は助けを求めるような視線を一樹に投げながら答えた。

「はい。動画チャンネルで、花咲高校の進学コースを受験されることは、話しておられましたから。同じクラスになれないかなぁと思っていただけで、一樹さんのほうから誘ってくださったのは、偶然ですよ」

あたふたと焦る柚葉と、沈黙しながら微笑する沙羅の様子に居たまれなくなった一樹は、柚葉のフォローに入った。

「俺も赤堀さんの力を知ったうえで同好会に誘ったから、互いの利害が一致したと言うことだな。詳しい話は、放課後に聞く」

「あ、はい。そう言っていただけて良かったです」

沙羅の無言の圧力から解放された柚葉は、慌てて言い募った。

緊迫した雰囲気を一度流すべく、蒼依が香苗に質問した。

「祈理さんは、県内の中学出身ですか」

「香苗で良いよ。あたしは市内で、家が一〇分くらいの場所だから」

「私のことも、名前で呼んでください。家、凄く近いんですね。お昼に家に帰って食事できそう」

それは素晴らしい考えだ、と、一樹は感心した。

同級生達が教室で屯《たむろ》する中、一人だけ自室でアイスを片手にネットサーフィンをする。まさに貴族の生活である。

もっとも一度ネットサーフィンを始めると、もう学校に戻りたくなくなるだろうが。

「高校は外出したら駄目だけど、大学は出来るらしいよ。でも、大学のランチも良さそうだよね」

確かにR棟の食事処は充実していた。

だが、それとこれとは話が別だ……と妄想しながら、一樹はカツ丼を平らげた。

◇◇◇◇◇

五教科の抜き打ちテストは、水仙を使った一樹の勝利に終わった。

一樹を除いて疲れた様子の生徒達に向かって、担任から有り難い言葉がある。

「お前ら、安心しろ。六限目の部活動と同好会紹介は、教室内のテレビで動画を見るだけだ」

テストが終わったクラスメイト達は、グッタリとしながら紹介動画を見ることになった。

花咲高校の部活動は二一種類、同好会は五種類。

運動部は、野球、サッカー、陸上、水泳、卓球、バスケ、ハンドボール、テニス、女子バレー、チアリーディング、柔道、剣道、弓道の一三種類。

文化部は、吹奏楽、書道、茶道、美術、英会話、電気工作、コンピュータ、放送新聞の八種類。

同好会は、料理、ダンス、演劇、歴史、陰陽の五種類。


一樹達の陰陽同好会をくわえて二六種類の紹介であり、持ち時間は二分だ。

授業時間が五〇分であるため、放課後に延長となるのであれば、陰陽同好会を立ち上げた一樹達もばつが悪いが、幸いにして持ち時間を使い切らない部活も多かった。

そのため二六の部活と同好会を繋ぎ合わせた合計時間は、授業時間の五〇分以内に収まった。

「賀茂、動画は何分で作ったんだ」

校長からは各部二分以内の制限を設けられている。

「一分で作って、先生に朝提出した。ちなみに自重した」

「なんだ、つまらん」

同好会の会長となった小太郎が尋ねたので、副会長となったらしき一樹が報告したところ、あんまりな評価であった。

各部の立派な紹介が続き、やがて最後に陰陽同好会の映像が始まった。

最初の二〇秒は、沙羅と蒼依が霊符を作る姿が流れた。蒼依は霊符の作り方を知らないために、一樹が作り方を教える姿なども映る。

次の一〇秒は、日が落ちていく山を眺める女子生徒の後ろ姿が映り、もの悲しい曲が流された。

彼女は最後に翼を生やして、夕焼けの空に飛び立っていく。

動画の半分を過ぎてからの二〇秒は、鬼火に照らされた薄暗い森の中だった。三匹の小鬼が、撮影している木の下を取り囲み、小刀を振るいながら叫んでいる。

そこに最初の映像で作られた霊符が向けられ、急急如律令の掛け声と共に籠めた力が放たれた。すると小鬼達が、揃ってバタバタと倒れ伏す。

映像が真っ暗になり、刀で切り捨てたような効果音が三度流れる。

最後の一〇秒は、何事も無く朝日が昇り始めた山である。

テロップが付けられて、『花咲高校　陰陽同好会　設立』のテロップが流れて終わった。

紹介動画は編集ソフトやフリー素材を使ったものだが、陰陽師や霊符、飛行や鬼は本物で、迫力は他の部活の動画を圧倒していた。

それらの映像が流れた後、前の席から振り返った小太郎は、所感を述べた。

「お前は同好会に、どれだけの会員を入れるつもりだ」

――ちょっとだけ凝ったかもしれない。

そのように思わなくもない、一樹であった。

第七話　山の女神

「賀茂、俺も入会できるか」

「陰陽同好会に興味があるんだけど」

部活動と同好会の紹介後、入会希望者達から問い合わせが立て続けにあった。

一樹は、同好会に先輩を入会させる気は無い。

陰陽の素人である先輩に、先輩だからと言って、あれこれと指図されたくないからだ。

また、国家試験に受かるほどの呪力を持たない同級生の世話をする気も無い。それは砂漠に水を撒く時間があれば、小太郎や柚葉、香苗らを国家試験に受からせるほうが良いからだ。

だが来年であれば、呪力不足の下級生が入会しても良いと思っている。せっかく立ち上げた同好会が、自分達の代だけで潰れるのは、風聞がよろしくないためだ。

来年度以降のために、同好会の立ち上げ周知を目的としたのが、あの紹介動画だった。そして撮影と編集に凝った結果、アピールしすぎたらしくあった。

「すまん。新設の今年は、準備と実績作りの予定だ。会員は、来年から集めようと考えている」

「少しくらい、余裕があるんじゃないか」

「俺達には無いけど、同好会を立ち上げるのは誰でも自由らしい。俺達の代わりに、誰でも入れる同好会を作ってくれ」

そこまで話すと、流石に相手も引き下がるしかない。

辛うじて入会希望者を凌いだ一樹は、新入学テストと入会攻勢で疲れた身体を引きずりながら、隣接するＲ棟の同好会室へと逃げ込んだのであった。


同好会室の物品は、昨日と比べて若干増えていた。

それは校長からで、学校で使わなくなった古いパソコン二台とプリンタ二台を払い下げられた。伝達した担任によれば、既にＲ棟管理室の職員が設置済みとのことであった。

「同好会室にはＬＡＮ回線があるから、パソコンがあればインターネットを使える。机と椅子は、多目的会議室に元々置かれていた一〇人用の物を使って、あとは自分達で考えろ」

同好会の顧問にさせられた担任自身は、テストの採点作業がある。

かくしてパソコン前に集った一樹達は、部屋の広さを測り直しつつ、同好会室に入れ替える物品をネットで調べ始めた。

「縦が八メートルで、横幅が四メートル……」

「同好会室と、保管室は、同じ広さですね。仕切りの壁を外せば、縦横八メートルで教室の広さになります」

一樹と一緒にメジャーで長さを測った蒼依が、同好会室の仕切りを見ながら訴えた。

仕切りの壁を取り外せば、同好会室は二倍の広さになる。

縦横八メートルは教室サイズで、会員六名で使うなら相当広い。

「でも仕切りは、ロックが掛けられていますし、勝手に外せなさそうです」

そう指摘した沙羅は、許可を得れば外せると、言外に告げたのだろう。

理事長に要望すれば通るだろうが、一樹は二部屋として使うことにした。

「まあ六人なら充分な広さだし、二部屋も悪くないかもしれない。小太郎、よろしく頼む」

小太郎は、主にネットで物品を検索する係だ。出資者である理事長の息子であるため、小太郎自身に選ばせて、親に説明させるのが、一番手っ取り早い。

その間に香苗が、エクセルで縦横八〇ずつのマスを作り、一辺を一〇センチメートルとして、小太郎が提案した物品を順番に打ち込んでいった。

一樹がデータを覗き込むと、既に形が整っていた。

「ちゃんと測って入れたほうが、感覚で詰め込むよりも良いな」

同好会室には、オフィス机と椅子一〇人分、そして棚五つが配置されている。

保管室には、作業可能な六人用テーブル一台と椅子六脚、男女のロッカーが各八人分、それぞれを仕切るパーテーション、サイドテーブル二台ずつ、女子用には鏡も配置してある。

「これで良いと思う。増やすための空間も、ちゃんと計算してあるし」

同好会室の配置を替えれば、机は増やせる。

同様に、保管室のサイドテーブルを減らせば、ロッカーを増やせる。

同好会員二〇人くらいまでは対応できそうで、一樹は充分だと判断した。

蒼依と柚葉も、口々に香苗を褒める。

「とても良いと思います。香苗さん、パソコン得意なんですね」

「凄いですよね。あたしもロッカーを使わせてもらえて、嬉しいです」

賛成の意見が次々に挙がると、物品を調達する立場の小太郎は了解を示す。

「ならば決まりだな」

「皆も賛同してくれて良かったです」

データを作成した香苗は、満更でもなかったのか、満足そうに頷いた。

なお沙羅は、一樹が満足したのを見て頷いただけで、特に口に出しては何も言わなかった。

「小太郎、パソコンは人数分が必要だ。それと椅子は、ゲーミングチェアが良いんじゃないか」

「パソコンは兎も角として、ゲーミングチェアは流石に駄目だろう」

小太郎は問答無用で却下したが、一樹はなぜ駄目なのかと考えてみた。

教師よりも立派なイスに座るのは、けしからん……という考え方があるのかもしれない。確かに単なる生徒には、教師よりも立派な椅子には、座らせられないだろう。

だが世の中には、『費用対効果』という言葉がある。

もしも『野球部の予算を二倍に増やせば、甲子園で優勝できる』ならば、学校の宣伝効果に鑑みて、予算を倍加する私立高校は沢山ある。

ほかの競技や、文化部の活動でも同様だ。

世間への宣伝効果を得られて、受験生が増加し、投資以上の受験料を回収できるならば、投資に見合う効果がある。

私立学校であれば、経営を考えなければならないため、費用対効果が高いと分かっているならば反対する理由は無いのだ。


それを陰陽同好会で考えた場合、一体どのような効果があるのか。

差し当って、会員が陰陽師国家試験に受かれば、宣伝効果が得られる。

昨年度は、陰陽師国家試験の合格者が五五八人で、東大合格者の五分の一以下、あるいは司法試験合格者の半分以下だった。

陰陽師国家試験に一人合格すれば、東大に五人合格、あるいは司法試験に二人合格したのと同程度の希少価値がある。

そのような宣伝効果を得られるのであれば、学校側は実績を公表するのと引き換えに、同好会員分のゲーミングチェアくらい喜んで負担するだろう。

――だけど、まだ実績が伴っていないんだよなぁ。

一樹や沙羅が国家資格を得たのは中学の時点で、花咲高校とは無関係だ。高校の実績ではないため、宣伝効果は無い。

また小太郎が合格しても、家で学んだと考えられるであろう。

だが柚葉や香苗など、高校まで陰陽師と無関係だった生徒が合格すれば、陰陽同好会と関わったことで合格したという実績になる。

そのような同好会の設立を認め、生徒が躍進する環境を提供した高校は、評価されて然るべきとなる。

「仕方がない。陰陽師国家試験に皆を合格させて、ゲーミングチェアくらい買ってもらえる実績を作ろう。だけど、その前に赤堀さんの問題を解決しておこうか」

一先ずの目標を定めた一樹は、それ以前の会員の問題に向き合った。

勧誘時、相手を人間ではないと見破ったうえで、陰陽関係での困り事があれば手伝うと伝えており、約束を守ろうとした次第である。

柚葉は昼食時、ちょっと困っていて、放課後に説明すると述べた。

ただし、わざわざ他県に転入して来るくらいに困っているのだから、『ちょっと』で済まないとは容易に想像できる。

どの程度の困り事なのだろうかと思いつつも、中級陰陽師程度を想像した一樹に対して、柚葉は意を決して告げた。

「群馬県の赤城山に陣取る蛇神と、栃木県の男体山、別名で二荒《ふたら》山に陣取るムカデ神との争いは、ご存じでしょうか。パソコンを使ってご説明します」

柚葉はインターネットで『赤城山』『男体山』の地図を表示させた。

赤城山は、標高一八二八メートル。

中央部のカルデラ湖に、一周約四キロメートルの大沼《おの》、一周約一キロメートルの小沼《この》を抱える。

男体山は、標高二四八六メートル。

山裾には、かつて男体山の噴火で生まれた一周約二五キロメートルの中禅寺湖を抱える。

それら二つの山は、国道一二〇号を経由で二時間弱、中間にある皇海山を迂回する道を経由して七四・六キロメートルの距離にある。三つの山々は、いずれも妖怪や魔物の支配する土地だ。

山の裾野へ下りれば、赤城山の南には前橋市が広がり、男体山の東には日光市が広がり、人間のエリアに入る。

「わたしは蛇神の娘の一体で、赤城山の小沼が、出身地です」

そう語る柚葉は、蛇神とムカデ神との争いについて、端的に説明した。

要するに、人間から神と分類されるほど力を持った蛇とムカデが、生存圏を巡って行う縄張り争いであると。

「人間の伝承では、両神の山が入れ違うこともありますが、それだけ長く、激しく争っているからです。現時点で蛇神は赤城山の小沼、ムカデ神は男体山の中禅寺湖に居を構えていますから、赤城山の蛇神と、男体山のムカデ神との縄張り争いとしますね」

「……蛇とムカデの縄張り争いなのか」

なんとも分かり易くて単純な構図に、一樹は大いに納得した。

どちらかが折れれば済む話だが、人間も他国に『この土地を使うから、お前達は出ていけ』と言われて、出ていったりはしない。

大集団であれば様々な意見が出るだろうし、世代交代にも期待できる。

だが強大な二つの個体が、互いを憎しみながら、寿命も尽きずに争い合う場合、いつになったら終わりが来るのだろうか。

「両神が直接戦っても、互いに重傷を負うだけで、決着がつきません。そこで両神は、子供を増やして戦いを補助させて、決着をつけようとしました。困っているのは、その件に関してです」

妖怪の世界にも、子供への虐待があるらしい。

そんなふうに呆れた、一樹であった。

◇◇◇◇◇◇

「先ずは、柚葉の母親である蛇神に、柚葉の解放条件を聞く」

一樹が考えたのは、『子供を増やして戦いを補助させよう』とする母親の蛇神が、柚葉に求める貢献度だった。

せっかく獲得した同好会員が、ムカデとの戦いで減っては困る。

柚葉はＤ級上位で、『強いリザードマン』程度の力しか持たない。

自分の力の一〇倍貢献しろというのであれば、一樹が鳩の式神を飛ばして、Ｄ級上位のムカデ一〇体を倒すなり、Ｃ級上位のムカデ一体を倒すなりしてしまえば良い。

小太郎と共に同好会を立ち上げた一樹としては、その程度で同好会のメンバー維持が確定するのであれば、それほど労苦でもない。

貢献の方法は様々にあって、強い陰陽師を連れて来て代わりに戦わせるのも手段の一つだ。

そう話せば、蛇神も納得するのではないかと期待した次第であった。

「同好会員を戦場に引っ張り出されて、戦死させられると困る。だから手伝うが、どの程度で解放されるのかは、先に決めておきたい。予《あらかじ》め決めずにA級の力を見せて、大元のムカデ神を倒せと要求されても困るからな」

「解放ですか。考えたことも無かったです。ただ単に、どうやって、あたしに課せられた役目を達成しようかと思っていました」

まるでブラック企業の戦士のような立派な発言に、柚葉本人を除く五名は、どん引きした。

「逃げたら駄目なのですか？」

蒼依が尋ねると、柚葉は首を横に振った。

「母とは気で繋がっていますから、分体みたいなものです。反抗すると、大量の気を送られて自我を曖昧にされると思います。その後は、身体を操られて、おそらく特攻になるでしょうか」

祖母の山姥から、人を喰う醜い山姥にされようとしていた蒼依と比べてすら、どちらが不幸なのか迷うほどに酷い話だった。

神々の視点では、人間などの下々を顧みないことが往々にしてあるが、柚葉の母親も典型的な神であるらしい。

神を相手に、人間の倫理観を求めるのが間違いなのかもしれないが。

「戦力には、どのくらいの差があるのですか」

関わるにあたって重要な問題を沙羅が問い掛けると、柚葉は困った笑みを浮かべた。

「一年に生まれる子供の数は、蛇が五で、ムカデが五〇。強さは、蛇が二でムカデが一。差し引きで五倍くらいの差が、結構昔から続いています」

「それは圧倒的だな。ムカデ側が」

小太郎が断じたとおり、絶望的な差であった。

互角の力を持つ人間が、一対五で戦った場合、一人の側が一方的に殴られる。

蛇神とムカデ神の場合には規模が大きくなるが、ランチェスターの法則では、『戦闘力＝武器効率×兵力数の二乗』とされる。

二倍差でも敗北は必至だが、五倍差では端から勝負になっていない。

それが続くと、戦力が残るムカデ側との差は開き続ける。未だ勝敗が決していないのが不思議なほどだった。

「蛇神とムカデ神の力は、決着がつかないほど釣り合っていたんだろう。どうして子供を増やす部分で、そんなに差が出たんだ」

争って決着がつかない両神は、呪力量では概ね互角だと考えられる。

子供を産めば呪力は減じるが、蛇神は力の消費を嫌って、子供を産む数を抑制しているのか。

そのように想像した一樹に対して、柚葉はパソコンの検索画面に『ニシキヘビ　単為生殖』と打ち込んで、全く異なる答えを返した。

「これを見てください」

一樹達が覗き込んだ画面には、アメリカの動物園の記事が出ていた。

曰く、体長六メートルのアミメニシキヘビが、オスと接触していないにも拘わらず、単為生殖で六匹の子供を産んだそうである。

単為生殖とは、メス単体で卵を産むことだ。

続いてモニターに示されたのは、アミメニシキヘビが通常産む卵の数だった。大きな個体では三〇個以上で、記録では一〇〇個を超えたこともあるらしい。それらを見比べるに、蛇の単為生殖の効率は、五分の一から一〇分の一程度となる。

対してムカデが産む卵の数は、五〇個ほどだった。

検索結果が示した答えは明らかで、両神の違いは、単為生殖と有性生殖の差異らしかった。

「つまり蛇神は、非効率なことをやっているわけか」

一樹は身も蓋もなく断じた。

かつて倒した絡新婦の場合は、人間のオスを捕らえていた。ムカデ神も雌雄は定かではないが、必要な相手を捕らえているのかもしれない。

だが蛇神は、それをしていないらしくある。蛇神は面食いなのか、かつて夫でも居て、操《みさお》を立てているのか。いずれにせよ、蛇陣営が不利な理由は判明した。

◇◇◇◇◇◇

一樹が群馬県に赴いたのは、同好会の結成後、最初の金曜日の夕方だった。

同行者は柚葉だけだったが、それは蛇神と交渉するにあたって、弱点と成り得るほかのメンバーを同行させたくなかったからだ。

蛇神の性格を知らないために、蒼依や沙羅を人質に取られて、ムカデ神と戦えと強要される可能性も否定できない。

その点、一樹と柚葉だけであれば、殺したりはしないだろう。

牛鬼らを擁する一樹と戦えば相応に傷を負うし、殺してしまってはムカデ神と戦わせられない。

そして柚葉は蛇神がコントロール出来る娘であり、殺すくらいならばムカデ陣営に特攻させるし、それならば一樹との交渉に使うほうが遥かに良い。

斯《か》くして柚葉を連れた一樹は、前橋市で一泊した後、翌朝に予めA級陰陽師だと伝えて一日単位で予約したタクシーを用いて、赤城山に向かった。

「人の領域外なのに、道は整備されているんだな」

「はい。昔から赤堀村が支援してくれて、人との繋がりはありました。そのために道もあります。あたしの苗字の赤堀も、村名が命名の由来です。赤堀道元の娘の伝承も、随分昔の姉の一人です」

赤堀道元の娘とは、群馬県佐波郡赤堀村の大尽だった赤堀道元という者が、赤城の神から娘を授かり、娘が一六歳になった時に赤城の小沼へ入水して、母の元へ帰ったという話だ。

人里に行くことは許されるが、一六歳になると帰って、ムカデと戦わなければならない。そんなふうに推察できる逸話である。

柚葉に導かれた一樹は、赤城山の小沼まで無事に辿り着いた。

赤城山は、蛇神の領域。

男体山は、ムカデ神の領域。

負けている蛇陣営だが、赤城山には蛇神自身が居るため安全だった。

両神の子供達による殺し合いが頻発するのは、中間にある皇海山周辺である。

タクシーを降りて小沼まで歩いて行くと、手付かずの自然が視界いっぱいに広がる美しい湖が広がっていた。

その湖畔に神社が建てられており、神社の前にはベンチがあって、柚葉に三回りくらい歳を取らせ、強大な気を纏わせたような女性が座っていた。

——神と称されるに充分な呪力だな。

蛇神はA級中位の幽霊巡視船と比べてすら、遥かに強い力を感じ取れる。一樹は蛇神の力について、一先ずS級下位と見積もった。

そして同じベンチに座るような不遜な真似はせず、名乗りを上げた。

「陰陽師の賀茂一樹と申します。人の世界において、こちらの赤堀柚葉さんと同じ学校に通っています」

視線で続きを促した蛇神に対して、一樹は用件を述べた。

「この度、罷《まか》り越しましたのは、柚葉さんに課せられた分のムカデを私が倒し、身請けによる解放を認めていただきたく思ったが故です」

「み、身請けですかっ⁉」

驚いた柚葉が、素っ頓狂な声を上げた。

身請けとは、『客が遊郭で働く遊女の借金を払い、仕事を辞めさせること』だ。

江戸時代、吉原の遊郭で働く女達は、飢饉などで生活できなくなった農村の娘などが親に売られて、最長一〇年の年季を働く内容だった。

だが年季が明けても、着物代や道具代、自分に付けられた妹分の禿《かむろ》などの費用も負っており、借金の完済は出来ないようにされている。そして歳を取れば、下の見世で働くか、遊女を監督する遣《や》り手婆《てばば》として働くことになる。


死ぬか、病気や老いで捨てられる以外で遊郭から出られる方法が、『身請け』だ。身請けとは、客が妓楼に金を払い、証文を破棄させて、年季途中の遊女の身柄を貰い受けることだ。

一樹は『柚葉のムカデ退治ノルマを達成する代わりに、解放してもらいたい』と考えている。

そして古い存在である蛇神には、身請けが伝わりやすいと考えた。「金を払うから嫁に寄越せ」でも何でも良いが、親から男に所有権を渡せであれば、少なくとも数百歳以上であろう蛇神の倫理観でも、理解できるだろう。

「如何ほどで、御認め頂けますでしょうか」

身請けの相場は、遊女が残りの年季の間に稼ぐであろう金額だ。

寛政（一七八九年から一八〇一年）に、身請料金五〇〇両以内と制限されており、身請けの目安は五〇〇両となったが、五〇〇両を現在の貨幣価値に直すのは難しい。

日本銀行は、一八世紀の一両について、大工の手間賃で換算すると三五万円、米価で換算すると六万円としている。間を取って一両が二〇万円とするならば、身請けの五〇〇両は一億円となる。

もちろん客は、吹っ掛けられている。

だが遊郭も、客へ売り渡すこと自体に否はない。

なぜなら売れた金で、若くて新しい娘を沢山仕入れられるからだ。

文化一三年(一八一六年)に書かれた『世事見聞録』によれば、女衒が農村から娘を仕入れる値段は、三両から五両程度だった。

遊郭の感覚で使い古した娘を一人身請けさせれば、一〇〇倍の新しい娘を手に入れられるのだから、評判のためにも身請けはきちんと行う。

遊女にとっても、身請けは最良の話だ。

辛くて終わりの無い仕事をしており、身請けは救いと同義だ。

身請け以外で出られるのは、死んだ時か、使えなくなってから借金完済と称して捨てられるだけなのだ。

「わたし、身請けされちゃうんですか⁉」

身請けされた者は、大抵は身請けした者の妻か妾《めかけ》になる。タダで解放して、「はい、さようなら」という者は居ない。

ただし一樹の場合は、同好会員の維持が目的であるが。

あたふたと焦り出した柚葉を無視して、一樹は蛇神の答えを待った。

すると蛇神は、D級上位の柚葉と、陰陽師の一樹を見比べた後に告げた。

「そこな娘の三〇〇倍のムカデ退治で、どうじゃ」

「畏まりました。七日後、中禅寺湖から皇海山と男体山に向けて攻撃を行い、柚葉さんの力の三〇〇倍分のムカデを倒して、柚葉さんを身請けさせていただきます。姉妹が居るようでしたら引き上げさせて、戦いを御観覧ください」

「娘が見る光景は、妾《わらわ》も見える。連れて行くが良い」

D級上位の三〇〇倍は、B級上位三体分、あるいは蛇神の力の一割強にあたる。酷い吹っ掛けに思えるが、江戸時代の遊郭も、一〇〇倍を吹っ掛けていた。

納得した一樹は、蛇神が示した数に応じて、契約を成立させた。

◇◇◇◇◇

「わたし、身請けされちゃうんですか!?」

蛇神の下を辞した後、柚葉が身請けの真意について一樹に質した。

一樹自身は、数百年前の倫理観を持つ蛇神が、納得して娘を解放する最適解だと思えたから提案した。

だが蛇神は『娘が見る光景は、妾も見える』と語っており、柚葉の誤解を解くために、「実は身請けする気なんてありません」と説明するわけにもいかない。

蛇神と柚葉の関係は、女王アリや女王バチと兵隊のようなものだ。

身請けではないと言えば、柚葉は出戻り娘として回収されて、特攻要員にされかねない。

一樹はやむを得ず、建前を肯定した。

「神と陰陽師との契約は、既に結ばれた。俺が柚葉の力の三〇〇倍分のムカデを倒せば、柚葉は蛇神様から引き取る形になる。蛇神様が柚葉に繋げている呪力を移されて、命令系統は俺が持つことになるだろう」

「うぇぇっ。賀茂さんに繋がれて、命令されちゃうんですか⁉」

柚葉は頬を真っ赤にしながら、一樹をまざまざと見詰めた。

呪力が繋がることや、蛇神が持つ支配権を移されることについて、何かを誤解したのだろうと察せられた。

人化できる妖怪の柚葉は、容姿が優れている。そして女性らしい体付きで、蛇神の娘らしく、ねっとりと絡み付くような魅惑的な雰囲気も醸し出せる。

だが母親に対して単調に従っていたことから察せられるとおり、思考力は不足気味だ。

一樹が柚葉の解放を目的として蛇神に会いに来たのは、予め打ち合せしていた。

一貫して目的に沿った行動をしており、実際に蛇神を説得したのだから、いちいち説明しなくとも意図は明らかだ。

そして蛇神に会って注目されたのだから、今は不用意に話せない状況だと察するべきだろう。

蒼依が凛とした百合の花だとすれば、柚葉は名前のとおり柚だろうか。

柚はミカン科ミカン属で、料理の香辛料、薬味、ジャム、ゆず湯など様々に用いられる。主食に

はならないが、補助的な存在として有用だ。

そして慣用句では、『桃栗三年、柿八年』『柚子の大馬鹿十八年』と詠まれており、なかなか育たない困った木として知られる。

学力ではなく、思考力の不足に関して、まさに正鵠《せいこく》を射る詠みだった。

「蛇神様との契約を果たした後、柚葉の命令系統は俺が持つ。分かったな」

「あぅ、はぃぃ。あの、初めては優しくしてください」

全く分かっていないであろう残念な娘を引き連れて、一樹は蛇神の神域である赤城山を去った。


蛇神と契約を成立させた一樹は、一度花咲市に帰った。

そのままの勢いで攻め込むことも出来たが、皇海山には柚葉の姉妹が居るかもしれない。鳩の式神達に『妖気を探知して襲え』と命じれば、蛇とムカデの見分けなど付けずに襲い掛かるだろう。

一週間の猶予を設けたのは、蛇神を介して娘達を戦場から引き上げさせて、一樹の攻撃による巻き添えを避けるためだった。

花咲高校では通常の授業が始まり、同好会では発注していたオフィス用品が届いて、それらを配置していく間に一週間が過ぎ去った。

柚葉を蛇神から引き取る件について、同好会員から反対意見は出なかった。

柚葉をムカデの群れに特攻させるのは酷い話で、解放できるならば解放したほうが良い。

柚葉を解放するために一樹がムカデを倒すのだから、柚葉を引き抜いた結果として、ムカデが増えるわけでもない。

蒼依に対しては、一樹が個別に説明して、丁寧に誤解を解いた。

身請けして柚葉と淫乱な生活を送りたいわけではなく、倫理観が現代人と懸け離れている蛇神から引き取るための方便であった。

そのように説明したところ、倫理観が破綻した山姥を祖母に持つ蒼依からは、納得された。

蒼依の祖母である山姥に対して、一樹は初めて純粋に感謝した。

そして金曜日の夕方、学校が終わった一樹は八咫烏達を連れて、蒼依達と共に栃木県日光市へ向かったのである。

◇◇◇◇◇◇

蛇神と約束した土曜日。

一樹は大鳩の式神二羽を生み出して、日光市から中禅寺湖まで空から移動した。

一樹と蒼依、沙羅と柚葉が二人乗りをして、八咫烏達も引き連れて飛行する。

ムカデと人間との関係は、捕食者と被捕食者だ。タクシーなどで赴けば良い的で、タクシーの乗務員が妖怪に襲われたなら、一樹は責任問題である。

空から行く選択肢しかないが、二人乗りは空中戦で不利なため、八咫烏達も護衛に動員した。

蒼依と触れ合う感触に気を取られるのを耐え、男体山と皇海山に挟まれた中禅寺湖の中央部にある湖上まで辿り着く。

湖面は穏やかで、僅かに吹き付ける風が小さな波を立てるばかりだ。

『出でよ、ＰＬ二〇〇』

一樹が呼び掛けると、湖上に小さく映った大鳩の影から、全長一一七メートル、最大幅一四・八メートルの巨大船が膨れ上がって飛び出した。

「凄く大きいですね」

「蒼依は初めて見るな。海上保安庁の大型巡視船で、三〇階建てのオフィスビルくらいあるらしいぞ。後部のヘリ甲板に着陸する」

一樹が呪力で操った大鳩は、出現したみやこ型巡視船のヘリ甲板まで滑空して着陸した。

沙羅と柚葉の大鳩が続き、五羽の八咫烏達も巡視船に降り立った。

「「「「カァー、カァー、カァー」」」」

『お前達は、船で待機していてくれ』

水仙が繋げていた糸を解くと、一樹は大鳩の背中からヘリ甲板に降りた。

それから蒼依の身体を支えて甲板に降ろす。

「ありがとうございます」

「いや、ようこそ巡視船へ。それでは内部に案内する。沙羅達も来てくれ」

巡視船に降り立った一樹は指示を出すと、蒼依達を船の戦闘指揮所まで案内し始めた。

「索敵開始、全砲門開け。それと誰か、八咫烏達の世話を頼む」

一樹は船員達と入れ替わるように、船内へと駆け込んだ。そして直ぐさま、戦闘指揮所で、探知システムを用いた索敵を行わせる。

みやこ型巡視船の赤外線捜索追尾システムは、熱赤外線を検知し、遠隔監視採証装置は光を検出する。

だが幽霊巡視船と化した後は、呪力を検知している。

索敵に示された、D級以上の呪力反応について、一樹は八咫烏達を除いて全て敵だと断言した。

「ここはムカデ神の支配地だ。周辺に存在するD級以上の妖気は、全て敵である。殲滅の目標値は、B級上位三体、呪力量一二万相当。全砲門、近距離の標的から順に、砲撃しろ」

巡視船に砲撃命令を出すにあたり、一樹は明確な数値目標を告げた。

柚葉はD級上位であり、蛇神から引き取るには三〇〇倍、B級上位で三体分の討伐が必要だ。

だがムカデは、B級上位が三体居るわけではないので、目標としては曖昧で分かり難い。

そこで用いたのが、呪力値である。

呪力値の国際基準は、全世界に広く分布していて共通の基準にし易い小鬼やゴブリンの最弱が、F級下位で『一』だと、定められている。

二倍の『二』でF級中位、四倍の『四』でF級上位、一〇倍の『一〇』でE級だ。

D級上位の柚葉は『四〇〇』で、身請けが三〇〇倍ならば、要求値は『一二万』となる。

『諸元入力』

報告を受けた一樹は、右手を高く掲げて、勢い良く振り下ろしながら命じた。

「我が式神に命ず。周囲の敵を、悉く殲滅せよ！」

二門の砲塔が、男体山と皇海山側の湖畔に向かって砲撃を開始した。

毎分三三〇発もの砲弾が、「ズガガガンッ、ズガガガンッ、ズガガガガガガッ」と激しい音を立てながら撃ち出されていく。

すると撃ち出された砲弾は、湖畔のムカデ達の身体を貫き、強大なエネルギーで盛大に吹き飛ばしていった。

四〇ミリ機関砲の砲弾一発は、弾薬込みでトイレットペーパーの芯三個を繋げた以上の大きさで、それが初速一〇二五メートル毎秒で飛んでいく。

時速に換算すれば、三六九〇キロもの速度だ。

金属の塊ではなく霊弾だが、直撃されれば魂を消し飛ばされるレベルの大打撃を受ける。

ムカデ達は、砲弾が直撃した部位を粉微塵に吹き飛ばされ、身体を撥ね飛ばされ、瞬く間に薙ぎ払われていった。

『殲滅数四〇〇体……五〇〇体、目標値を達成しました。敵は湖畔に集団で群れていたため、一斉に殲滅できました』

「このまま殲滅を続けろ。虫退治だ、確実に潰せ」

まさかこんなに上手く行くとは、一樹も全く思っていなかった。

五〇〇体は、ムカデ神が毎年産む子供の一〇年分に匹敵する。

奇襲の絶大な効果を目の当たりにした一樹は、二度目の機会は無いと考えて、状況を最大限に活かすべく砲撃の継続を指示した。

「目標を再設定する。Ｂ級上位五体分、呪力量二〇万相当を倒せ。つまり本船と同じ分だ。消費した呪力は、俺から吸い上げろ」

『砲撃を続行します』

一樹が目標を更新したのは、要求値をギリギリで満たそうとした結果として、実は誤差で三〇〇倍を超えていなかった事態を回避するためだ。

陰陽師と神の何れにとっても、約束は重要だ。

破れば、各々が発する言霊が力を失う。

『柚葉の力の三〇〇倍分のムカデを倒せば、柚葉を身請けによって解放する』

柚葉の解放は、一樹が倒すムカデの力の総量で定まる。目標値を大幅に超過してでも、とにかく超えれば良いのだ。


苛烈さが全く落ちない砲撃は、湖畔から山裾に範囲を拡大していった。

撥ね飛ばしたムカデの身体で森を薙ぎ払い、木々を押し倒していく。

削られる山肌、倒される木々、舞い上がる多数の土煙が、機関砲が蹂躙した範囲を知らしめる。

対峙するムカデ達は、為す術も無く、一方的に狩られていく。

『敵の移動速度よりも、我々の攻撃速度が圧倒的に優勢です』

「当然だ。地球では、空で最速のハヤブサが時速三九〇キロ、陸で最速のチーターが時速一二〇キロ。時速三六九〇キロで移動する生物など、進化の過程で発生するわけがない」

獲物を追いかけて捕食するのであれば、獲物よりも速く動ければ良い。

人間を捕らえるのが目的であれば、時速四〇キロも有れば充分だ。必要以上に速いのは、燃費が悪くて逆に非効率となる。

蛇とムカデは互いに殺し合っているが、それらを生み出す親の蛇神やムカデ神が変わらないので、生まれて来る子供達は適応進化前だ。

機関砲の砲弾より速く動けるなど、有り得ない話である。


一樹は改めて、蛇神の娘である柚葉の全身を眺めた。

人間形態は、巫女服が似合うであろう黒髪ロングの少女だ。

気になるのは、部室で一樹達に単為生殖を説明する過程で、アミメニシキヘビを見せた点だ。

哺乳類を祖先とする一樹は、蛇が得意ではない。

蛇とムカデのどちらかを自室に置けと言われれば、まだ蛇のほうがマシだが、出来ればどちらも遠慮したい。普段のヘッポコを見せてくれれば、蛇体で多少は安心できるが、正体は見たくない。

「ええと、何でしょうか」

「いや、問題ない」

不意にキヨを嫁にした晴也を思い出した一樹は、意識を戦場に戻した。

幽霊巡視船が砲撃する中、C級以上のムカデ達は、多少は耐える。強さにしてマンティコアやグリフォンにも匹敵する中魔のムカデ達は、半数ほどが四点バースト一回では死ななかった。

だが二回分を浴びると、流石に討ち取られている。

砲撃には多大な呪力が必要だが、一樹も呪力はS級を持っている。

『七〇〇体……八〇〇体。再設定した目標値も達成しました。ムカデは逃亡と、本船への攻撃とに分かれています。日光白根山からも、ムカデが出現中』

「安全第一。至近のムカデから順に、潰して行ってくれ」

既に目標は達成している。

柚葉の力の三〇〇倍分という目標を達成した以上、後は適当なところで切り上げても良い。

然《しか》るに最優先事項は、安全となった。

『九〇〇体……一〇〇〇体。撃破したムカデの総呪力量、三〇万を突破しました』

「一〇〇〇体は、ムカデ神が費やす戦力増強の二〇年分だったか」

呪力量三〇万は、目標値だった一二万を遥かに上回る。

蛇神がS級下位であるならば、三〇万は蛇神の力の三割にあたる。

充分だろうかと考えた一樹が柚葉に視線を送ると、柚葉を介した蛇神から一樹に対して、柚葉の口を通して託宣が下された。

『契約に基づき、この娘は汝に与える。後は約しておらぬが、ムカデを削れば、その働きに応じて多少は加護も与えてやろう』

「畏まりました。攻撃を継続しますので、加護をお願い致します」

一樹が咄嗟に考えたのは、蛇神の加護による式神の強化だ。

A級七位とされた花咲に、A級六位の一樹が近接戦闘で負けると指摘されて以来、近接戦闘が可能な式神の強化は喫緊の課題だった。

蛇神の加護を得られるのであれば、既存の式神強化に繋がる。

『然らば、相応に励め』

このまま一樹を働かせれば、働かせるだけ蛇神が有利になる。

そうなれば余った力で加護を与えても、蛇神はおつりが来るだろう。

一樹は蛇神から多大な加護を得るべく、ムカデへの攻撃を続けさせた。

「日光白根山も攻撃対象に入れろ。目標値は廃止する。倒せるだけ倒せ」

『了解、無制限攻撃に移行します』

逃亡するムカデも居るが、騒ぎを聞きつけて山の反対側からも新手が現れるので、攻撃対象に困ることはない。

まさに入れ食いの状態で砲撃を続ける中、急報がもたらされた。

『男体山の裏手より、超大型の呪力反応が出現。規模は、S級です』

緊迫した声に振り向いた一樹は、巡視船のモニターに視線を送った。

すると男体山の中腹から、巡視船に匹敵する巨大なムカデが、怒りに満ちた顔を覗かせていた。

「全砲門、巨大ムカデに向けて砲撃を開始しろ。最優先だ」

怒りに満ちたムカデ神を目の当たりにした一樹は、直ちに砲撃命令を出した。

四〇ミリ機関砲の有効射程は、一〇キロメートルに及ぶ。

中禅寺湖の中央湖上にある二門の砲塔が砲撃を開始し、男体山の中腹に現れたムカデ神の硬い甲殻に、全力で霊弾を叩き付け始めた。

ムカデ神が全長一一七メートルの幽霊巡視船に匹敵する大型目標であるためか、霊弾は殆ど外れずに、ムカデ神の頭部を中心とした全身に命中していく。

『着弾を確認』

「砲弾に籠められる呪力が、倒すには足りていない。倒れるまで撃ち続けろ！」

巡視船が撃ち出す霊弾には、巡視船ひいては一樹の呪力が籠められている。

砲弾のサイズは大きいため、籠められる呪力は相応だ。

だがS級の巨大ムカデを倒すためには、同等以上の呪力をぶつける必要がある。

A級の巡視船では、弾丸にS級の呪力など籠められるはずもない。

また一樹が直接行う術に比べると、巡視船を経由する分だけ効率が悪い。

砲弾に籠める呪力効率は低いし、初速一〇二五メートル毎秒で撃ち出す呪力消費は大きすぎる。

巡視船は呪力消費が激し過ぎて、燃費が悪いのだ。

一樹は、自身が直接的に術を行使すべきだと判断した。

「俺が鳩の式神で火力を補う。巡視船に接近するムカデは、ほかの式神で迎撃する。式神を抜けて来るムカデには、機関銃で応戦しろ」

『総員、直ちに武装せよ』

巡視船に武装を命じた一樹は、戦闘指揮所を出ると走り出した。

蒼依達を引き連れて船外に出た一樹は、真っ先に八咫烏達に指示を出した。

「青龍、朱雀、白虎、玄武、黄竜。船に迫るムカデを倒せ。船と巨大ムカデとの間には入るなよ。行け！」

「「「「カァアアアッ！」」」」

八咫烏達は誕生から一年が経とうとしており、鳥類では成鳥に達している。普段から連携して鬼を狩るなど、戦いにも成熟してきた。

立派に成長した神鳥達は、力強く天空へと舞い上がっていった。

そんな天翔《あまかけ》る八咫烏達に向かって、一樹は呪力を送る。

『臨兵闘者皆陣列前行。天地間在りて、万物陰陽を形成す。汝等を陰陽の陰と為し、我が気を対たる陽と為さん。然らば汝等、我が陽気を悉く汝等の力と変え、疾く天駆け、我が敵を征討せよ。急急如律令』

青、赤、白、黒、黄。

陰陽五行の光に包まれた八咫烏達は、眩く輝きながら、水中や湖畔のムカデ達を五行の術で攻撃し始めた。

呪力で具現化した木の矢が降り注ぎ、火の雨が打ち据える。

金属の礫《つぶて》が薙ぎ払い、水の槍が貫き、石の弾丸が叩き付けられた。

ムカデ達は怒り、酸のようなものを飛ばす個体もあったが、八咫烏達が高らかに舞い上がれば、酸も届かなくなる。

そして上空から地上への攻撃は、高度が上がろうとも地上に届く。

八咫烏達は、天空を縦横無尽に飛び交いながら、空から地上の妖気に向けて、一方的な撃滅を繰り広げていった。

上空からの蹂躙戦を開始した八咫烏に続き、一樹は新たな式神を喚び出した。

『神転、神斬、神治。三柱の鎌鼬達、出でよ』

続いて一樹が召喚したのは、三柱の鎌鼬達だ。

鎌鼬達は、八咫烏達よりも高いＢ級下位の力を持っている。

それは一樹が、片手片足を失った沙羅を治癒すべく、式神化の際に神の名を付けて、莫大な神気を与えたからだ。

一樹は好戦的な兄神と弟神には戦闘を、妹神には治癒を命じた。

「つむじ風に乗り、八咫烏達の迎撃を抜けたムカデ達を湖上で撃退しろ。それと神治は、味方の負傷者も治癒してくれ」

『『『キッキッキッ！』』』

解き放たれた鎌鼬達は、つむじ風に乗って湖上を駆けながら、八咫烏達の攻撃を抜けたムカデ達に襲い掛かっていった。

身体は小さいが、力は大鬼に分類されるB級下位だ。

その力で殴り飛ばせば、巡視船の砲弾を浴びたよりも激しい衝撃を受けて吹き飛ばされる。

あるいは斬り裂かれれば、胴体を真っ二つにされる。妹神が蹴とばしても、大打撃を負う。

普段は歯止めを掛ける妹神が抑えないので、兄神達を止める者は居ない。鎌鼬達に襲われたムカデ達は、次々と湖に屍を曝していった。

鎌鼬を放った一樹が次いで出したのは、水仙だった。

「水仙は船の防衛を頼む。船内に糸を張り巡らせて、甲板から船内に入ろうとするムカデを妨害して、狩ってくれ」

「はーい」

一樹と水仙が話す間、砲撃音は鳴り続け、ムカデ神の全身を攻撃し続けている。

砲撃は燃費が悪くて呪力消費が大きいため、一樹は急いで次の指示を出した。

「蒼依と沙羅も、乗船するムカデを排除してくれ。船から脱出が必要な時は、俺が蒼依を連れて飛ぶから、沙羅は柚葉を掴んで飛んでくれ。柚葉は、大人しくしていろ」

「分かりました、主様」

「はい、そのとおりにしますね」

「……わたしだけ、扱いが雑な気がします」

——どうして余計な時にだけ、柚葉は察しが良くなるんだ。

そんなふうに内心で思いながらも、一樹はムカデ神の状態を確認した。

A級中位の巡視船が行う砲撃は、S級のムカデ神にも多少は効いている。

砲塔二門による砲撃は、ムカデ神の頭部に狙いを集中している。撃ち出された霊弾は、ムカデの頭部を中心とした甲殻を傷つけており、一部を損壊させて、体液も流させていた。

だが両者の戦いは、結局のところ巡視船を介した一樹の呪力と、ムカデ神の呪力との戦いだ。

――呪力の変換効率が悪い巡視船で砲撃を続けても、ムカデ神には勝てない。

一樹はムカデ神に対して、呪力で劣っているわけではない。

だが一〇〇の力を放っても、それが一〇〇として相手に届くわけではない。

それに正面から撃っているのだから、相手は身構えるし、その分だけダメージも軽減される。

このままでは負けると判断した一樹は、懐から式神符の束を五つ、次々と取り出した。

そして式神符の束を掴んで呪力を送りながら、順番に空へと放っていく。

『臨兵闘者皆陣列前行……木より流転し無の陰、我が陽気にて、生へと流転せよ。我が敵は、巨大なる大百足。汝らは風の如く駆け、敵を貫き、焼き払え。急急如律令』

放たれた一〇〇枚の式神符は、一〇〇羽の鳩の群れに変化し、白雲のように上空へと舞い上がっていった。

それが五度も繰り返されて、五つの群れが生み出される。

鳩の群れは、砲撃を避けるように高く舞い上がりながら、ムカデ神へと迫っていった。

『襲い掛かれ』

一樹が念じると、鳩達は火鳥と化して、機関砲の砲弾が破壊した巨大ムカデの甲殻から体内に飛び込んでいった。

やがてムカデの頭部を中心とした全身に、続々と爆炎が発生していく。

『攻撃命中しています』

ムカデ神の頭が激しく振り回されて、幽霊巡視船員の報告が一樹に届いた。

声帯が無いムカデは声を上げず、甲殻を打ち鳴らしてギチギチと威嚇音を放っている。

その動きによって機関砲の砲弾が外れるが、二門は直ぐに胴体への砲撃に切り替えて、ムカデ神の前進速度を落とさせた。

ムカデ神が苦しむ間に、第二陣となる鳩の群れが次々と飛び込んでいった。

ムカデの頭部を中心とした身体が、再び爆炎に包まれる。

鳩の群れは、一束がA級下位、幽霊捕鯨船に匹敵する呪力だ。

それを次々と体内に叩き込まれたムカデ神は、暴れ回り、藻掻き苦しんだ。

「まだ呪力が足りないか」

一樹がムカデ神に与えたダメージは、S級下位の三割に達する。

さらに第三陣以降の鳩達も、向かっている最中だ。

だがムカデ神は、それでも怒りながら前進しようとしていた。

呪力を練り込んだ式神符を大量に持参すれば良かったが、一枚を書くのにも時間がかかるし、式

神符に籠めた気は抜けて効力が落ちていくために、事前の作成には限界がある。

このままでは湖畔に辿り着かれて、湖に潜られながら接近されるだろう。

S級のムカデ神に絡み付かれれば、巡視船が転覆させられて、一樹達も危険だ。


戦闘の継続が困難と判断した一樹は、柚葉を介して蛇神に申告した。

「恐れながら申し上げます。ムカデの子供達の大半と、巨大ムカデの力を五割ほど削るところまでが、私の限界のようです」

はたして蛇神の答えは、一樹の期待したものとは異なった。

『妾の本体が、此処に向かっておる。暫し時間を稼げ。対価の加護は与える』

「……は、分かりました」

一樹の戦果に対して、蛇神は絶好の機会と捉えたらしい。

赤城山から男体山までは、道路であれば七四・六キロメートル。

車で飛ばして来てくれないか……等と不遜なことを考えながら、一樹は第三陣の鳩達がムカデ神の頭部を焼く光景を眺めた。


すでに一樹は、使用可能な呪力の大半を消費している。

一番消費が激しいのは幽霊巡視船で、一樹の呪力を盛大に削っていた。

――使えるのは神気だけだ。穢れと一体化した陽気は、使えない。

輪廻転生した一樹は、穢れを抑え込む莫大な陽気と、それと同量の神気を与えられている。

そのうち一樹が使っているのは神気だけで、穢れを抑え込んでいる陽気は使用していない。

もしも陽気を無理に使おうとすると、その分だけ穢れが溢れ出して、周囲を汚染するだろう。

――使えば、どうなる。

一樹は右手の人差し指の先端に意識を集中して、陽気を集めて身体のほうに引っ張ってみた。

「……………ぐあっ」

右手の人差し指に激痛が走り、一樹はうめき声を上げた。

「賀茂さん、どうしたんですか！」

一樹のうめき声を聞いた柚葉が、驚き振り返る。

「何でもない」

冷や汗を掻きながら、一樹は左手で右手の人差し指を握り込み、追加の神気を注ぎ込んだ。

明らかにおかしな様子の一樹に対しては、脳天気な柚葉も騙されなかった。

だが一樹は、首を横に振り、あからさまな態度で「聞いてくれるな」と示す。

「何か出来ることがあったら言ってください」

「分かった。俺は集中しているから、集中を阻害しないでくれ」

強引に柚葉の視線を逸らさせた一樹は、恐る恐る右手の人差し指を確認して、顔を歪めた。

『地獄にいる死者の霊体と、人間の肉体とでは、身体のつくりが異なる』

それを一目で理解できるのが、穢れに汚染された右手の人差し指の先端だった。まるで黄泉の国の住人であるかのように、黒ずんでおり、死気と呪いを放っている。

——後で鎌鼬に切り落としてもらって、治すか。切った指は、水仙行きだな。

一樹が持つ穢れは、閻魔大王が極楽浄土入りを拒むほどには強い。

後で治すのであれば、片腕分くらいの陽気は使えるかもしれないが、穢れを撒き散らせば周囲の柚葉などは耐えられないだろう。

一樹は追加の攻撃を断念して、現状維持を選択した。


「蛇神様が到着されるまで、戦闘を継続しろ」

周囲の式神達は、各々が頑張っている。

八咫烏達は五つの嵐と化しており、鎌鼬達もムカデ達を殴り飛ばし、斬りまくっている。

水仙は傍に待機させているが、意欲は旺盛だった。

「ねぇダーリン、ムカデ達を倒した後って、食べに行って良いよね」

「ムカデの妖気は、好きなだけ喰って良いぞ」

第三陣の鳩達が襲い掛かり、それから暫くして第四陣の鳩達が襲い掛かる。

式神の鳩達は、それぞれに籠められた呪力相応に、ムカデ神を苦しめていく。

だがムカデ神は怒りに満ち溢れており、引く様子は皆無だ。

ムカデの子供達を蹂躙した幽霊巡視船は、意図せずして、蛇神が到着するまでの囮役と化した。

ムカデ神が男体山の中腹から山裾の湖畔にまで下りて来ると、次第に近距離になって、砲撃も威

力を増していく。

第五陣の鳩達がムカデ神を苦しめたところで、ようやく一樹にとって待望の報告が入った。

『本船の北側より、超大型の呪力反応が接近中。規模、S級です』

ムカデ神すら上回る巨大な白蛇が、北の戦場ヶ原に頭を覗かせていた。


「良かった。アミメニシキヘビじゃなかった」

北から現れた巨大な白蛇に対して、一樹が放った第一声がそれであった。

出現した蛇神は、そのまま北西のムカデ神に迫っていく。

蛇神の接近を知ったムカデ神も、蛇神に向き直る。だが側面から幽霊巡視船が砲撃を行い、霊弾で甲殻の一部を叩き割った。

この戦いは、S級の力を持つ両神の争いではなく、呪力がS級の一樹を加えた二対一の争いだ。

劣勢な蛇神側が味方を招き、優勢なムカデ神が対策しなかった結果が、現状である。

蛇神は、子ムカデが多数居る赤城山方面からは愚直に攻めて来ず、北側から回り込んで戦場にやって来た。

おそらく一樹が蹂躙を開始した頃から、動いていたのだろう。

逆転するべくして逆転した蛇神を見守る一樹に対して、蛇神から身体を解放された柚葉が尋ねた。

「アミメニシキヘビじゃなかったって、どういう意味ですか」

「先週、アミメニシキヘビの記事で、子供を産む方法を説明しただろう。俺はてっきり、柚葉達がアミメニシキヘビの妖怪なのかと思っていたんだ」

「わ、わたしは日本の妖怪ですよ！」

――それなら、アミメニシキヘビの記事を使って説明するな。

心外だと抗議の声を上げた柚葉に対して、一樹は内心でツッコミを入れた。

アミメニシキヘビは日本に生息せず、伝承も存在しない。

日本より遥か南のフィリピン、マレーシア、インドネシアなどの島々、あるいはインドなどに生息しており、魔物として発生するのはそれらの国々だろう。

アミメニシキヘビは哺乳類も捕食し、人間を呑み込む例もある。妖怪化すれば、相応に人間を食べると考えられる。

式神化せずに柚葉を傍に置いたら、ある日の晩、丸呑みにされるかもしれない。

一樹は柚葉に対して、そのような恐怖すら抱いていた。


一方で白蛇は、神の使いとして崇められる伝承が様々に伝わる。

神の使いともされる白蛇は、中国の『白蛇伝』で伝わるように人化が得意で、人間と交流できる妖怪だ。

晴也の嫁になった半妖のキヨも、母親が白蛇だった。

そのように人と結ばれた伝承は、国内外に多数ある。

「とりあえず安心した」

南の国に生息する巨大なアミメニシキヘビは、ほぼ確実に人を捕食する。

それに対して日本に生息する白蛇は、そもそも種族が違うので、人を捕食したりはしない。

「わたしのどこが、アミメニシキヘビに見えるって言うんですか」

一樹の誤解に憤慨した柚葉は、襟元を広げて、惜しげもなく白い肌を晒しながら、必死に抗議してきた。

蛇神の宣言によって身請けが成立しており、すでに一樹に貰われた感覚であるらしい。

そして蒼依に腕を掴まれて、取り押さえられていた。

「蒼依さん、離してください。誤解を解かないと……いたたたっ」

蒼依の力はB級中位で、柚葉の力はD級上位だ。

巡視船内で勃発した争いに決着がついた頃、男体山では力を半減させていたムカデ神に対し、蛇神がバネのように跳ねて襲い掛かっていた。

巨大な土煙が巻き上がり、それが晴れた瞬間には、蛇神の巨大な牙がムカデ神の傷ついた身体に突き立てられていた。

振り解こうと藻掻くムカデ神の身体に、蛇神は瞬く間に巨体を巻き付けた。そしてムカデ神を湖畔に引き倒し、全力で締め上げる。

絡み合う両神の様子に、誤射を怖れた巡視船の砲撃が止んだ。

「湖畔に向かえ。水深が浅いところで牛太郎を下船させて、蛇神様を支援する。前部砲塔は、前方の湖畔にいるムカデ達に向けて撃て。後部砲塔は、味方に当たらないようにムカデを撃て」

『了解しました』

牛鬼は、Ｂ級上位の力にすぎない。

力が大幅に落ちた現在のムカデ神と比べてすら、遥かに及ばない。

だが蛇神とムカデ神が絡み合って動けない今、牛鬼がムカデ神の頭部を棍棒で叩き、目を潰すなどすれば、多大な支援に繋がる。

蛇神とムカデ神は共に巨大だが、巡視船と同じ全長一一七メートルであろうとも、頭部だけならば大きくない。

頭を持ち上げていなければ、全長八メートルの牛鬼でも充分に攻撃が届く。

『八咫烏、鎌鼬、水仙は、両神の周囲に群がるムカデを倒せ。神治は、蛇神様の傷を回復しろ。ＰＬ二〇〇は、牛鬼と水仙を降ろした後は離岸して、殲滅を再開だ』

命令された幽霊巡視船が、湖畔へと向かった。


式神達は、湖上の巡視船では行えない細かい支援を行える。

迎撃に出ていた八咫烏達と鎌鼬が船まで舞い戻り、それを追って来たムカデを巡視船の後部砲塔が迎撃していく。

砲撃による消費は激しくて、一樹の呪力は湯水のように引き出されている。

既に、使用可能な呪力の六割が失われていた。

莫大な呪力を持つ一樹は、それが尽きる事態など、想像したことも無かった。

だがムカデ達の殲滅を続ければ、それが起こり得る。

これほどまでに子供達を増やし、強化してきたムカデ神の陣営は、昨日までの時点では確実に蛇神陣営に勝っていた。

そのムカデ神が、慎重に戦力の増強に努め続けた結果として、蛇神の娘が外部から増援を呼び込んで逆転に至る。

「蒼依、沙羅、両神の周辺に群がるムカデの掃討に加勢できるか。強さはD級が大半で、B級の二人なら大丈夫なはずだ」

「はい、手伝ってきます」

「分かりました。囲まれて危なくなれば、私が蒼依さんを連れて飛びます」

PL二〇〇が浅瀬まで到達すると、一樹は頬撫での式神カヤを弓の形状で取り出した。

そして湖畔に残るムカデの一部に向かって、呪力を籠めた矢を放つ。

『牛鬼ノ祓』

呪力で放った矢は湖畔まで飛び、群れていたムカデ達の一匹に着弾して、身体を爆散させた。

弾け飛んだ身体の一部が、周囲のムカデに叩き付けられる。

牛鬼の力によって、ムカデが埋めていた空間が吹き散らされる。

『朱雀ノ祓』

続いて一樹が放ったのは、海上では使えなかった火行の矢だ。

八咫烏の力でムカデの中心地まで飛んだ矢は、そこで業火を生み出して、牛鬼の力で傷ついていたムカデを焼き払った。

矢で吹き散らした空間に向かって、一樹は式神達を送り出した。

「よし、行け」

湖畔に矢を放ち続けながら、一樹は式神達を送り出した。

牛鬼の背に水仙が乗って湖から上陸し、上空からは八咫烏達と鎌鼬達が向かう。蒼依も沙羅に抱えられて飛んでいった。

式神達を送り出したPL二〇〇は、再び湖の中央部まで引き上げて、接近するムカデ達に対する迎撃を再開した。

もっともムカデ達は、危機的状況に陥っているムカデ神に呼ばれて、そちらへ向かっている。巡視船を攻撃しに来る個体は、殆どいなかった。

「柚葉は、余計なことをすると死にそうだから、俺に付いて来い」

「はいぃ」

柚葉を引き連れた一樹は、船内の戦闘指揮所に入った。

戦闘指揮所には、拡大された蛇神とムカデ神の姿がモニターに映っており、肉眼で観察するよりも鮮明に見える。

蛇神は、傷ついたムカデ神に牙を突き立て、締め上げて押さえ込み、死ぬのを待っている。

牛鬼は、押さえ込まれたムカデ神の頭部に棍棒を叩き付けて両目を潰し、目から棍棒を押し込んで、ねじ回しながら頭部を破壊している。

ムカデ神に声帯があれば、今頃は断末魔の叫びを上げていただろう。

S級のムカデ神を相手に、B級の牛鬼が正面から堂々と戦えば、一撃で潰される。これが殺し合いである以上、相手の弱点を攻撃するのは最善手だ。


水仙は、ムカデ神の損傷した足を器用に斬り落としている。

そして強かにも、溢れ出る瘴気を食らい回っていた。

八咫烏達は、接近する新手のムカデを撃退し、大半の接近を阻止していた。

鎌鼬達は、八咫烏の迎撃を抜けたムカデを倒し回っている。末妹は、蛇神の身体がムカデ神の足で傷つけられる度に神薬を塗り、回復を図っていた。

蒼依と沙羅は、地上の一角に陣取ってムカデの接近を阻んでいる。その足元では、猫太郎が蒼依を守りながら、死角のムカデを倒していた。

「形勢は定まったか」

それでも一樹は油断することなく、安全な場所から式神達に呪力を送り続けた。

やがてムカデ神が動かなくなり、蛇神が頭部を食い千切り、呑み込んだ。結末を見届けてから、ようやく一樹は勝利を宣言した。

「よし、勝ったな」

ムカデ神を喰った蛇神は、その力を消化して、次第に身体を変化させ始めた。

巨大な白蛇であった蛇神は、白龍へと姿を変貌していく。

一〇〇〇年来の怨敵を倒し、神域で倒したムカデ神と眷属達が放出した力を取り込み、神格が上がって龍神へと昇神したのだ。

そしてムカデ神と眷属を倒した影響は、一樹達にも及んだ。一樹には、ムカデ神と眷属に与えた総ダメージの約半分、S級下位の半分ほどの神気が流れてきた。

——蛇神……龍神様と約束していた加護か。

龍神は一樹との約束通り、神域を用いて龍気の加護を送り込んできた。

一樹が削った総量の半分を加護で返す形は、現代の感覚でも不当ではない。派遣先から支払われる報酬を、派遣社員と派遣会社で折半したようなものだ。

ムカデ神と眷属から取り上げた力のうち、一樹が稼いだ呪力の配分だとは言え、対等ならざる人と龍神との分配で折半ならば、破格の報酬であろう。

よほど不利だったのか、怨敵打倒の祝儀か、いずれにせよ大盤振る舞いだった。

一樹が元々持っていた呪力は、穢れを抑え込む陽気がS級下位で約一〇〇万、裁定者に要求した神気も同量で約一〇〇万。自由に使えるのは約一〇〇万で、そのうち三分の一にあたる約三三万を式神の使役に充てていた。

そして今回、新たに龍神の加護として五〇万の神気が加わった。一樹が使える呪力は、一〇〇万から一五〇万へと五割増しになった。

さらに式神達や沙羅も、神域から流れ込んできた神気で力を増している。

カヤは、D級上位からC級下位。

牛太郎は、B級上位からA級下位。

蒼依は、B級中位からB級上位。

沙羅、水仙、鎌鼬達は、B級下位からB級中位。

八咫烏達は、C級上位からB級下位。

猫太郎は、C級中位からC級上位。


巡視船が倒した分は、乗船して砲弾に呪力を籠めていた一樹に入っている。

——巡視船の強化は不要だな。

龍神の神気を得た一樹だが、式神達も強化されており、それらを使役するために消費する呪力も上がった。

消費量が三分の一という状況は、変わっていない。

幽霊巡視船まで強くなれば、使役に用いる呪力量が三分の一を上回る。自身の負担に鑑みた一樹は、流れて来た龍神の神気を巡視船には回さなかった。

これら神域における神気の流入を以て、ムカデ神との戦いには決着がついた。

◇◇◇◇◇◇

「妾は、中禅寺湖に居を構える。当面は、逃げたムカデの残党狩りじゃ」

中禅寺湖会戦の翌日。

湖に浮かぶ巡視船の公室で、一樹は龍神に昇神した元蛇神と会談した。

ムカデ神の子供達は、一樹と式神達が相当数を始末した。

だが一部は、倒せずに取り逃がしている。

・駆け付けるのが、間に合わなかったムカデ。
・戦闘の最中に、不利を悟って逃げたムカデ。
・決着がついた後に、戦場から逃げたムカデ。

ほかにも様々な種類があるだろうが、いずれも今更戻って来るはずもない。

「決着がついてなお、周辺の山々に残るムカデなど、おりますでしょうか」

常識的に考えれば、決着がついたのであれば遠方へ落ち延びるだろう。

蛇神が負けていたならば、柚葉などは真っ先に逃げ出す姿が目に浮かぶ。だが勝てない戦いを挑んでも無駄死にで、それならば逃げる選択肢が正しい。

はたして数多の娘を喰い殺された白き龍神は、怨敵の眷属を小馬鹿にした。

「いくらかは近隣に潜むであろう。所詮はムカデ、弁えぬ愚か者どもじゃ」

感情論はさておき、ムカデ達にとって周辺の山々は、棲み慣れた故郷だ。

他所の地域に行けば、そこにも別の妖怪なり人間なりが居て、新たな縄張り争いが発生するのは必至だ。棲み慣れた土地に隠れ潜む道を模索するのは、理解できないほどに突飛な話ではない。

もっとも娘達を数の暴力で喰い殺されてきた龍神の怒りは凄まじく、決して逃したりはしないだろうが。

龍神の恨みは深い。

これからの龍神と柚葉の姉妹達は、周辺を山狩りしてムカデ神を狩り続け、領域を支配していくと予想された。

「畏まりました。いずれにしましても、ムカデ神を葬れたのは大変な吉事。龍神様には、真にお喜びを申し上げます」

「うむ、お主もよく働いたの。褒めてつかわす」

神である相手に、一樹は深く頭を下げた。

「有り難き幸せ。私は人界に戻らねばならず、最後までお力添えできぬことをお許しください」

「我が娘の目を通し、そちらも時折見ておった。お主らにも暮らしがある故、そこまでは求めぬ」

龍神は柚葉の目を通して、花咲市での生活を覗き見ていたらしい。

柚葉は気が繋がった分体だとは言え、神の名に相応しい能力だった。

「我が娘達も、幾らか残っておる。赤堀村……今は市町村合併で消えたが、人間の支援者達も居る。まずは山か湖畔を整えて、社を築くとしよう」

「さすれば、社の建立資金は、私が支援させていただきたく存じます」

「……ほう」

意図を説明せよ、と、龍神が視線と態度で求めた。

「実は、龍神様に知恵を賜りたく。私の式神である山姫は、私からの気を失えば、いつか山姥化する身でして……」

一樹は驚く蒼依に視線を向けながら、支援を申し出た意図を語った。

神である龍神に相談したかったのは、一樹よりも確実に長生きするであろう、山の女神である蒼依についてだ。

一樹の存命中は、一樹が蒼依に気を送れば良い。

一樹は莫大な呪力を持っているし、輪廻転生の経緯から、呪力は魂に宿っている。故に老後であっても、死ぬまで呪力は尽きないだろう。

だが死後、一樹の気を失った蒼依は、一体どうなるのか。

一般的に男性より女性のほうが寿命は長いし、そもそも蒼依は山の女神だ。

蒼依が人よりも長生きして、いつか与えた気が無くなって山姥化する未来は、一樹にとっては許容できない。

幸いにして一樹は龍神の知己を得ており、幽霊船の依頼では大金も稼いだ。

大金で豪邸に住んでも、蒼依の将来に不安があれば、心穏やかには暮らせない。せっかく金で解決できるチャンスなのだから、それを差し出す引き換えに、蒼依の問題を解決してしまいたかった。

事情を知った龍神は、納得を示した。

「そこな娘は、既に上位の大鬼並の力がある。ならば龍神となった妾が導けば、神性に寄った山の女神として、小さな神域くらいは造れるようになる」

「神域を造ると、一体どうなるのでしょうか」

蛇神やムカデ神は、各々の神域を造っていた。

はたして神の先達たる龍神は、神域を作成する意味を説いた。

「己が神域において、自然や地脈の気を集められるようになる。されば人の気は不要となり、山姥とは為らぬ」

「真に御座いますか」

「人が我が社を建立すると言うならば、多少は導いてやらぬでもない」

蒼依を見下ろした龍神は、自身の神気を練ると、蒼依に送り始めた。

急な展開に困惑する蒼依に向かって、一樹は呼び掛けた。

「蒼依、受けてくれ。俺の死後にも山姥化しないで、蒼依のままで居てほしい」

「安心せい。神と人でも、子は宿せる」

一樹が訴えた後、すかさず龍神が口添えすると、固まった一樹を他所に蒼依は龍神の力を受け入れた。

送り出された白光する神力が、蒼依の身体を包み込み、徐々に染み込んでいく。

『汝、神代の女神から分かれし、新たな女神の一柱也。己が住処に神気を放ち、その地を神域と化して、土地神と成れ』

神化の後押しを行う龍神は、力の使い方を思念で伝授していった。

どのように神気を放ち、土地を神域と化すのか。逆に土地から気を集めて、土地神である自身の力と化すのか。

「当面の気を得られるのであれば、少しずつ神力の使い方を覚えていけば良い。いずれ神域だけでも、充分な力を得られるようになる。後は、神力を喰らって己が力を上げようと図る大魔や大妖に気を付けよ」

龍神の手助けを得て、山の女神という立場を確立した蒼依は、素直に頷いた。すると伝授を終えた龍神は、一樹に向かって残念そうに呟いた。

「お主には、我が娘を妻に据えたかったが、こやつには無理そうじゃのぅ」

「えぇぇっ」

母親から残念な娘扱いをされた柚葉は、盛大に抗議の声を上げた。

「御母様、どうしてですかっ！」

「与力を得るだけの妾ならば構わぬが、身請けされる其方は、夫が安全になるよう立ち回らぬか。夫になる男をムカデの神域に放り込んで、如何する。阿呆な其方が人妻になるのは、一〇〇年早いわ」

「そんな……酷いですよね、一樹さん！」

同意を求めた柚葉に対して、一樹は明後日の方向に視線を逸らした。

一樹が成功したのは、異常な呪力と式神を持つからだ。

人間よりもムカデ達のほうが足は速く、普通の陰陽師であれば何体かを倒したところで逃げ切れずに囲まれて、確実に噛み殺されて終わりだろう。

柚葉は一樹の能力を把握しておらず、単にくじ運が良かっただけだ。

いつか確実に失敗する行動原理だが、柚葉自身は危機感を抱いていない。龍神が駄目出しするのも道理である。

「我が娘には、この阿呆よりも遥かに賢くて、従順な者達も沢山おる。お主が望むのであれば、身請けで遣わす娘をほかに代えても良いが」

「いえ、同じ高校に通うクラスメイトとして、必要でございますので」

一樹は僅かに躊躇ったが、そもそも同好会員が欲しくてやったことだ。

どんな娘が居るのか、それは選べるのかといった関心はおくびにも出さず、厳粛な表情を取り繕いながら断った。

「人化の術でこやつに化けさせて、徐々に姿を変えさせれば、露見せぬぞ」

そんなことも可能なのかと驚いた一樹が、眉を上げて口を開こうとしたところで、柚葉が袖口を掴んで叫んだ。

「駄目です。捨てないでくださいっ！」

一樹が龍神の提案を受けるかもしれないと考えたのだろう。

柚葉はフルフルと首を横に振りながら、必死に訴えた。

「尽くします。尽くしますから……」

「其方より尽くす娘も、符術が上手い娘もおる。お主は一体、何が出来るのじゃ。妾の所へ戻って、残ったムカデ退治に従事してはどうじゃ」

懇願する柚葉の前で、龍神は別の姉妹と入れ替えるメリットを挙げ始めた。

「な、なんでもします。夜のご奉仕とかっ！」

「阿呆。一〇〇年早いと申したであろうが。ほかには、何かないのか。先見の力を身に付けるとか……確か、ほかの娘に占術で予知できる娘もおったのう」

龍神が娘の姿を思い起こす様子に、柚葉は焦りを露わにした。

「わ、わ、わっ。一樹さん、いえ、旦那様、何をしてほしいですか。わたし何でもしちゃいますから。時々、胸とか、制服のスカートとか、見ていましたよね。好きに触っても良いですよ！」

愚かなことを口走った柚葉は、神性を増した山の女神に掴まれて、ずるずると引き離された。

母親である龍神の手前、あまり手荒な真似はしなかったが、柚葉を押さえ込む蒼依の眉間には皺が寄っている。

「お役に立ちますから、お役に立ちますからっ！」

柚葉に求められているのは、一貫して同好会員の人数を減らさない頭数だ。

盛大に勘違いして服を脱ごうとする柚葉と、それを和やかに押さえ付ける蒼依と、本当にこの娘で良いのかと視線で問う龍神。

一樹は首を横に振って無実を訴えつつ、盛大に溜息を吐いた。

書き下ろし番外編

不良のお兄ちゃん

てんせいおんみょうじ・
かもいつき

中学二年生の前期始業式。

京都府の卿華女学院に通う伏原綾華は、玄関に貼り出されたクラス表に、自身と北川楓の名前を同時に見出した。

そして彼女は、あらかじめ分かっていた事象の答え合わせをしたように、周囲に聞こえないほど小さな声で呟く。

「クラス替えって、先生達が決めているんだね」

教師がクラス替えを行う際、生徒達を割り振る明確な基準が存在する。

中学校であれば、次のようなことに配慮している。


『学業・体育祭・合唱コンクールの成績を均等化して、クラス間の上下格差を作らない』

『双子や年子の兄弟を別々のクラスにして、成績そのほかで比較されないようにする』

『虐《いじ》めを行わせないように、問題が発生している生徒をなるべく分ける』


教育基本法第五条には、次のように記されている。

『義務教育として行われる普通教育は、各個人の有する能力を伸ばしつつ、社会において自立的に生きる基礎を培い、また国家および社会の形成者として、必要とされる基本的な資質を養うことを目的として行われるものとする』

義務教育は「能力を伸ばして、資質を養うことを目的として行う」と定められている。

成績別のクラスで下位クラスに振り分けられた場合、ふて腐れて成績が伸びないかもしれない。

また、虐めの加害者と被害者を同じクラスにした場合、周囲のクラスメイト達を含めて、社会の形成者として必要とされる、基本的な資質を養えなくなるかもしれない。

それらの基準は、公立のみならず、多くの私立中学でも通用する。落ちこぼれが相当数出たり、クラスが成り立たなかったりすれば、将来の入学者が減るからだ。

そのような判断基準に基づけば、綾華と楓を一緒にするのは必然の流れだ。


第一に、北川楓は、妖怪・枕返しによって魂を連れて行かれた後に、蘇っている。

第二に、一度死んだ北川楓の呪力は非常に高く、身体と魂は不安定な状態にある。

第三に、北川楓の友人である伏原綾華は、楓の身体と魂の安定化に寄与している。

第四に、北川楓の霊障案件に対応している上級陰陽師は、伏原綾華の実兄である。

第五に、これら事実が陰陽師協会から、卿華女学院に内容証明郵便で伝達された。


死にかけた人間は、呪力が格段に上がって、霊障を引き起こせるようになる。

綾華と楓を別のクラスに分ければ、楓は安定を欠いて、無意識に霊障を起こしかねない。

クラスに虐めがあれば学業どころではなくなるのと同様に、強い霊障が発生すれば、生徒達にとっては生命の危機すらある。

上級陰陽師の一樹から報告を受けて、蘇りという特異な事情にも鑑みた協会は、綾華と楓のクラスを同じにすることが安全に寄与すると、事前に内容証明郵便で伝達していた。

それにも拘わらず、綾華と楓を別々にして事故が発生した場合、一体どうなるのか。

クラス替えに関わった教師達は、安全配慮義務に反したことになり、故意または過失で、不法行為責任も問われかねない。

安全配慮義務違反の場合、自治体や学校が賠償責任を負う。

不法行為が認められる場合、教師個人にも損害賠償請求が行われる。

しかも警告したのは、国家資格を有する陰陽師達を束ねる陰陽師協会だ。

陰陽師の霊障に関する証言は、裁判で証拠採用される。あらかじめ警告していたとおりの事象が起きた場合、裁判では警告した側の証言が信用されるのは自明の理であろう。

この状況で、二人を別々のクラスにするのか。その答えが、貼り出されたクラス表であった。

「四組だって。綾華、行くよ」

楓は大人しそうな顔の造形だが、髪型をサイドテールに変えて活発そうな雰囲気を纏っており、陽気に綾華を誘った。

「分かったよ、陽鞠」

対する綾華は、楓を陽鞠と呼んで答えた。それは学校に伝えられなかった情報の一つであり、楓の身体に入った魂は、南原陽鞠という別人のものだった。

◇◇◇◇◇◇

「綾華のお兄ちゃんと付き合いたいから協力して」

「楓、ぶっ飛んでるね」

クラスに入った綾華は、北川楓の身体と南原陽鞠の魂を持った友人を楓と呼んだ。

少女の魂と記憶は南原陽鞠だが、戸籍は北川楓である。

昨年の一一月から北川楓は、大人しそうな顔付きとは真逆の行動を取るようになった。

その件に関してクラスメイト達は、あまり気にしていない。

女子校では『可愛い子の性格がおかしい』ことは往々にしてある。

むしろ付き合うという部分に、クラスメイト達は反応した。

「綾華って、お兄さんが居るんだ」

「知らなかったよ。何個上なの」

声を掛けてきたのは、中学一年生から同じクラスで仲の良かった槇村芹那と、若槻姚音だ。

芹那は、ミディアムヘアで、リーダーシップがある活発な性格。

姚音は、妖怪の血を引くピンクのロングヘアで、感性が独特な天然系。

そんな二人には、彼氏は居ない。

そもそも卿華女学院は女子校であるために、男性との出会いは学校では皆無だ。

出会いを求めて男子校の文化祭などに参加しても、女子校育ちのために上手くコミュニケーションが図れずに、相手から強引に来てくれないと何も起こらない。そのため高校生になっても、彼氏持ちはクラスに一人か二人しか居ない有り様だ。

その代わりに耳年増となって、話に食い付いてくるか、聞き耳を立てる。

「二つ上だから、高校一年生だね」

「綾華のお兄さんって、どこの高校。格好良いの？」

芹那がグイグイと迫ってきた後ろでは、姚音も瞳を爛々と輝かせている。

綾華が一歩引いた横から、楓が身を乗り出してきて、代わりに得意気に答えた。

「府外の花咲高校だって。私は格好良いと思うけれど、取らないでね」

あまりにストレートな楓の物言いに、芹那と姚音は思わず顔を見合わせて笑った。

「取らない、取らない。応援するから頑張って」

「今、どんな感じなの」

芹那に応援されて、姚音から問われた楓の姿をした陽鞠は、改めて現状を振り返った。

陽鞠が鉄鼠の怨霊に殺されたのは、小学五年生。それから三年間は、綾華に取り憑いていた。

それは綾華が中級陰陽師に匹敵する呪力を持ち、それを陽鞠に送って霊体を維持できたからだ。

その間、綾華に会いに来た一樹と死霊だった陽鞠は、何度も会っている。

綾華に取り憑いた陽鞠に対して、一樹は綾華の話し相手になるなら良いだろうと、見逃した。そのうえで一樹は、陽鞠が悪霊化しないように状態を確認したり、神気を浴びせたりもしていた。

陽鞠は、単なる妹の友達という立場ではなく、それなりの知己を得ている。

さらに身体と魂の状態確認が必要だとして、綾華を介さない直接の連絡先も交換している。

なぜ一樹は、そこまで丁寧に対応したのか。

理由の一つには、両親の離婚によって、離れて暮らさざるを得なくなった妹への心配がある。

両親が子供達の目の前で、離婚に至る争いを繰り広げた中、綾華の保護者は一樹だった。

綾華に取り憑いて、四六時中話し相手になってくれていた陽鞠は、一樹にとっては自分の手が届かない部分を補ってくれた感謝の対象である。

そして綾華と陽鞠は知らないが、死んで蘇った陽鞠に対して、一樹は仲間意識を持っていた。

一樹は最初から自分の身体だったが、陽鞠は楓の身体で復活した。それでは苦労も多いだろうと考えて、南原家と北川家の両親に対して、口添えも行った次第である。

「うーん。半年に一回は、個人的に会ってもらえるけれど……どうなんだろうね」

楓は綾華に視線を送り、反応を窺った。

「分かんないよ。一年で変わっちゃったし」

一樹と綾華は兄妹だが、両親の離婚によって、別々に暮らしている。そのため同居していれば自ずと分かる情報について、あまり把握できていない。

この一年間で一樹は、陰陽師の国家資格を取得し、A級陰陽師にまで駆け上がった。

だが上級陰陽師になっても、単純にモテるわけではない。上級陰陽師の場合、世間からは子供も次代の上級陰陽師に育てることを期待されて、結婚相手には高呪力者が望まれるからだ。

一般人からモテても、家の将来を考えるならば、結婚相手には選び難い。

その代わりに望めば、陰陽師協会や陰陽大家から、配偶者候補の紹介がある。

そちらはお見合いに近く、相手側は『家柄、容姿、年齢、地位、名誉、収入』の条件を説明された上で、本人が同意している。そのため余程の過失がない限り、相手は破談にしない。

したがって別々に暮らす綾華には、一樹の現状は分からなかった。

だが綾華には、一つだけ確信を持って言えることがあった。

「言っておくけれど、お兄ちゃんは善人じゃないよ」

「「えっ？」」

芹那と姚音が困惑の声を上げる中、陽鞠は微笑を浮かべながら、軽く頷き返した。

「知っているから、大丈夫」

「「ええええっ？」」

綾華が言いたかったのは、陰陽師が妖怪を殺す仕事であり、善人では務まらないことだ。そして楓が平然と返したのは、一樹が自身の都合で、死霊の陽鞠を見逃していた実体験からだ。

だが芹那と姚音は、綾華の兄が直近の一年で、不良になったのだと誤解した。

「不良って、大丈夫なの？」

「危なくない？」

小学校ではスポーツ少年がモテて、中学校では不良がモテる。

高校から大学ではイケメンがモテて、社会人では金持ちがモテる。

その典型的なパターンを想像した芹那と姚音は、大人しい顔付きで、かつ女子校育ちである楓が、不良に引っ掛かってしまったのではないかと危惧したのだ。

はたして不良っぽい一樹を想像した陽鞠の回答は、明後日の方向に突き抜けていた。

「強引に迫られたり、冷たくされたりするのも、好きかも」

「「「「ええええっ!?」」」」

聞き耳を立てていた周囲のクラスメイト達からも、一斉に驚きの声が上がった。

次いで非難の視線が、綾華に向けられる。

「どうして、あたしが責められるのよ！」

綾華が不満を訴えると、すかさず楓が弁護に入った。

「そうだよ。綾華は悪くないよ。悪いのは、好きになっちゃった私だから」

楓が誤解を助長する発言を繰り返す中、綾華は冷酷に告げた。

「楓、協力しないよ？」

「……綾華様、私が悪うございました」

両手を合わせて頭を下げた楓は、綾華から協力を取り付けて、表情には笑みを浮かべた。

死霊として三年間も綾華に取り憑いていれば、どうすれば言質を取れるのかは分かっている。

強かな陽鞠に対して、綾華は呆れ顔を浮かべた。

「お兄ちゃんも、厄介なのに目を付けられちゃったね」

「そうそう。私は厄介だよ。わりと譲れない感じ」

楓の身体で蘇った陽鞠は、なぜ一樹に執着するのか。

それは北川楓という身体が借り物で、楓と楓の両親に遠慮があるからだ。

楓の魂は、妖怪・枕返しに魂を連れて行かれて、二度と戻らない。だが身体は生きていて、完全に死んだとは言い難い。

そんな楓の身体に入って蘇った陽鞠が、楓と楓の両親に出来ることは、なるべく楓の意にも沿った生き方をすることだ。

楓が応じないであろう相手、そして楓の両親が認めない相手とは、付き合えない。

それが一樹に限っては、関係者全員が納得できる要件を満たせる。


綾華の周囲には、一樹が送った式神の鳩が常に居て、陽鞠と楓はよく遊んでいた。

つまり楓は、小学生の頃から、一樹とは頻回に遊んでいた。

楓が存命で、綾華に恋人として一樹を薦められた場合、自らは意思表明せずに周囲に付いていく性格の楓は、一樹と付き合っていたと陽鞠には確信できる。

順当に付き合って、時期が来てプロポーズされたならば、楓は間違いなく応じていた。


楓と陽鞠の両親も、四人揃って一樹を肯定している。

双方の両親が望むのは、第一に娘の生存だ。楓の身体に陽鞠の魂という状態は、双方の両親が手に負えない。娘を守れる最良の相手は、上級陰陽師の一樹である。

これで一樹が両親よりも年上だとか、容姿が醜悪だとかであれば、心理的に拒むかもしれない。

だが一樹は二歳上で、容姿も悪くはなく、娘の親友の兄で、陽鞠や楓とは親しく遊んでいた。

そもそも一樹が死霊だった陽鞠を保護していなければ、枕返しによって楓は完全に死んでいた。

だから一樹が相手であれば、陽鞠が説明するまでもなく、両親達は揃って賛同する。


陽鞠にとっても、一樹は死霊だった陽鞠の維持に協力してくれていた相手だ。

死霊として三年間、話せる相手が綾華と一樹だけであった陽鞠にとって、一樹と会って話すことは楽しみだった。

だから陽鞠にとって、一樹は唯一無二の相手なのだ。


「学校を中退して同棲するのも、辞さない構えです」

傍目にはとんでもない決意表明が、楓の口から飛び出した。

それを聞いたクラスメイト達が、途端に慌てだす。

「それ駄目じゃん！」

「そうだよ楓、もう一度、考え直して？」

色恋沙汰を聞くのが大好きな女子中学生達も、考え直すようにと口々に訴えた。

綾華と楓が出した情報だけで考えれば、極めて真っ当な判断である。

「綾華、わたしも楓のデートに付き添うからよろしく！」

「それじゃあ、姚音も一緒に行くから」

純粋な正義感が限界を突破した彼女達は、ついにデートへの同伴を名乗り出た。

正常な判断が出来なくなっている身内の綾華と、恋は盲目状態の楓に代わって、自分達でチェックして、おかしいところを指摘し、二人の目を覚まさせようという意気込みである。

「あたしのお兄ちゃんを極悪人扱いしないで」

「そうだよ。それに私は、何をされても良いし」

「「「駄目です」」」

クラス替え初日、若干二名を除くクラスの気持ちが一つになった。

◇◇◇◇◇◇

「そういうわけで、妹と、妹に憑いていた元幽霊の子をフォローすることになった」

一樹は、自分自身が困惑の表情を浮かべながら、蒼依と沙羅に事情を説明した。

沙羅が綾華の兄に不良の疑いがあり、楓が騙されているかもしれないから、卿華女学院に通う綾華のクラスメイト達が心配して、会わせろと言っていると。

一樹にとっては、全く以て意味が分からない。

説明する一樹自身が困惑しているのだから、説明を受けた蒼依と沙羅にも困惑は伝播する。

蒼依は困惑しながら、一樹が説明した話を振り返った。

一樹の両親が離婚したことは知っており、妹の綾華と生き別れになった事情も理解した。

綾華が陽鞠に呪力を送り、一樹が維持を補助していた動機も『咄嗟の救命』と、『妹が寂しそうだったから』という兄心と聞けば、理解は及ぶ。

霊体には人権も所有権も存在せず、取り扱いにも定めは無い。幽霊は祓っても、放置しても、花咲家の犬神のように祀って氏神化しても、いずれも法律に反しない。

妖怪・枕返しの件も、協会の京都府支部に報告されて、適正に対応されている。

だが身体と魂が別人の前例は国内に少なく、法律は整備されていない。

身体が北川楓、魂が南原陽鞠の少女は、法律上は『蘇生に成功した北川楓』として生きていく。

身内と陰陽師協会を除く周囲には、魂が別人であるとは話していない。

そのため陽鞠の部分がすべて消されており、クラスメイト達は単純に『綾華の兄が不良で、純情な楓は騙されている』と思い込んでいるのだ。

「主様は、その子を騙しているのですか？」

「そんなわけが無いだろう。想像力の豊かな中二の女子を、納得させられる弁護士を呼んでくれ。弁護士が駄目なら、読者を納得させられる少女漫画家でも良い」

騙されても良いと思えるようなラブロマンスでも描いてくれれば、女子中学生達は勝手に納得するかもしれない。

そのように一樹が、真っ当な思考を放り投げたところで、沙羅が意見を述べた。

「枕返しの事件を知った綾華さんが、兄で陰陽師の一樹さんを紹介して、定期的に視ている。卿華女学院の生徒なら、それを説明すれば、理解できると思います」

「そうだな。柚葉の件が終わったら、その次の土曜日にでも妹に会ってくる」

沙羅が述べたとおり、枕返しの事件を知った綾華が陰陽師の一樹を紹介して、これからも定期的に視るのだと理解させるのが堅実だ。

それらを決めた一樹は、中禅寺湖でのムカデ退治後、綾華達に会いに行った。

◇◇◇◇◇◇

待ち合わせ場所は、京都市の隣にある大津市の大津港となった。

楓の母が運転する車に送迎されて、綾華と楓、それに芹那と姚音は大津港に到着した。

「それじゃあ、しっかりと見てきます」

「チェックしてきます！」

「一応、両親公認だからね？」

気合いの入った芹那と姚音に対して、楓の母は念押ししてから別れた。

大津港は琵琶湖の観光船発着拠点で、施設は滋賀県が管理している。

水上デートでもするのだろうかと考えた芹那と姚音は、港に浮かぶ船を順に眺めた。

全長五九メートル、多数のデッキがある明るい色合いの遊覧船。

全長六六メートル、悪天候でも楽しめそうな造りの遊覧船。

全長三六メートル、二階が広いオープンデッキとなった遊覧船
そのほかにも、小型の遊覧船がいくつも浮かんでいる。

そんな船舶の中に、一つだけ異質な船があった。

全長一一七メートル、白い船体の側面には、青いS字マークと、PL二〇〇の船名が入っている。

七〇口径四〇ミリ機関砲が二門と、七メートル型高速警備救難艇二隻を搭載しており、大型ヘリ甲板があって、琵琶湖上に二重の意味で浮いている。

それが『みやこ型巡視船』と呼ばれることを、芹那と姚音は知っていた。なぜなら政府が、瀬戸内海の村上海賊船団を退治したことをアピールするために、テレビで散々報道させ続けたからだ。

四月下旬の土曜日に、まさかの琵琶湖に現れた大型巡視船。

大津港には多くの観光客が訪れていたが、その多くが巡視船に近付いて写真を撮影していた。

だが直接船に触れたりはしない。

船体の周囲には、青い制服を着た海上保安官が、何人も行き交っていたからだ。

そんな巡視船の乗船タラップから降りてきた一樹が、軽く手を振って綾華達を出迎えた。

「綾華、ひま……楓、こっちだ。人が集まってきた。クラスの子も、早く行くぞ」

「はいはーい。みんな行くよ」

「行こう、行こう」

綾華と陽鞠が軽い調子で応じて、それぞれ芹那と姚音を引っ張りながら、巡視船に向かって歩き始めた。

「ちょっと待って」

「そうだよ。どういうことなの」

困惑する二人に向かって、綾華が堂々と宣う。

「あの人が、あたしの不良なお兄ちゃん」

「瀬戸内海の海賊を、船団ごと吹き飛ばしちゃうワルだね」

「「聞いてないっ！」」

綾華に続いて楓も宣い、芹那と姚音は異口同音に抗議した。

もっとも、楓のデートに乗り込むと主張したのは、芹那と姚音自身だ。

二人は不承不承ながらも乗船タラップから巡視船へと乗り込んだ。

続いて幽霊船員達が乗り込むと、大津港の人々が見守る中、巡視船は湖上を進み始めた。


「お兄ちゃん、あたしの隣が槇村芹那で、楓が連れている子が若槻姚音だよ。二人とも、そっちがお兄ちゃんの賀茂一樹。今は、A級陰陽師だって」

船が動き出すのと同時に、綾華は初対面の三者を紹介した。

「はじめまして。不良で、楓を騙している賀茂一樹だ……というのは冗談で、楓が霊障に遭って、綾華の紹介で視た兄の賀茂一樹だ」

率先して自己紹介した一樹は、姚音が妖怪の血を強く引くことには気付いていた。

だが学校に通っているならば、戸籍を持っており、行政にも存在を認められていることになる。

柚葉や香苗を思い浮かべた一樹は、綾華の安全は脅かさないだろうと見なした。

近畿地方で赤系の髪をしており、人間社会に受け入れられている妖怪であれば、晴也が探していた猩々の可能性が思い浮かぶ。意外な場所で遭遇した一樹は、内心で苦笑した。

「ええっ、騙してくれて良いですよ。両親も公認ですぅ」

姚音を引っ張っていた楓の両手がアッサリと離されて、代わりに一樹の手に繋がった。

その様子を見た芹那と姚音は、甘ったるい声を出す楓に呆れながらも、概ねの状況を理解した。

すなわち楓は、騙されたのではなく、綾華の兄の正体を分かった上で狙う恋のハンターなのだと。

両親の公認も当然で、上級陰陽師は全国に二桁しかおらず、都道府県が取り合いをする人材だ。

上級陰陽師には、地位・名誉・財産・血統などの全てが揃っている。

そして一樹の場合は、上級陰陽師の中でも希少なA級だ。

引っ張り込めれば、家族のみならず、都道府県知事もニッコリである。

「槙村芹那です。綾華と楓のクラスメイトです」

「若槻姚音です。芹那と同じく、クラスメイトです。よろしくお願いします」

驚きつつも普通に挨拶した二人に対して、一樹は先んじて事情を説明した。

「よろしく。綾華とは実の兄妹だが、両親が離婚して、それぞれ父親と母親が引き取ったから苗字は違う。言い触らさないでくれ」

「分かりました。楓が勝手に暴走したで良いですか」

「そうだね。それだね」

楓が騙されていないと分かった二人は、アッサリと楓を売り払って、問題を決着させた。

「それじゃあ、湖上クルーズを楽しんでくれ。俺は、巡視船を動かす大義名分を調査する」

「大義名分って何？」

「陰陽師が式神を使役するのは自由だが、理由は付けたほうが良いからな。妖怪退治だ」

一樹は船内を移動しながら、付いてくる綾華達に答えた。

幽霊巡視船は、式神として認められているが、霊障を祓えば名目も立つ。そのため一樹は、地元の依頼を引き受けた。

今回倒すのは、近江国堅田村（滋賀県大津市）に伝わる『化の火』だ。

月夜の夜には出ずに、小雨か曇った夜にだけ姿を見せる。

それは小さな火で、琵琶湖の岸に現れて、地面の四尺から五尺ほど上を飛びながら、次第に山のほうへ向かっていく。

そして人の上半身のような形になると、二人で取っ組み合いをするという。

そこに人が近付くと、化の火は、人を投げ飛ばした。

大津市の浮御堂で、化の火を見た僧は、次のように詠んでいる。

『ばけの火と 聞いてあふみに くればとり あやかしかたの たがうき身とも』

それほど害のある妖怪ではないが、無害でもないので、祓っても良いだろう。

もっとも一樹にとっては、巡視船を動かす名目として、目に付いただけだが。

「怨霊なら、霊力をぶつければ倒せる。明るいうちに、射撃ポイントを確認するつもりだ」

「調伏は夜ですか。それなら今日は、お泊まりになるって、お母さんに伝えますね」

「いや、仕事だと言っただろう。お前は一体、夜に何をする気だ」

楓が爆弾発言を宣って、一樹が即座にツッコミを入れた。

かくして楓の件は、楓が騙されているのではなく、陰陽師である綾華の兄が霊障を視たときに知り合って、その後に楓が暴走したのだと伝わった。

もちろん女子校に通う女子中学生達は、楓の恋については否定しなかった。

英語には、次の諺《ことわざ》がある。

『All is fair in love and war.』（恋と戦においては、あらゆることが正当化される）

恋の部分に関して少女たちは、一樹よりも強かな考えを持っていた。そして楓の行動を応援することにしたのである。

なお化の火については、誤解を解く物のついでとして、しっかりと祓われたのであった。

あとがき

はじめに、二巻をお買い上げ下さったあなたに、御礼申し上げます。

少しでもお楽しみ頂けますように、妖怪に東京の電波塔を占拠させてみたり、書き下ろしのSSをシリーズ化させてみたりと、ウェブ版には無い工夫をしてみました。

それらもお楽しみ頂けましたら、幸甚にございます。


さて、本作には様々な妖怪が登場しますが、選択する際には一定の基準を設けております。

一つは、書物や伝承に準拠すること。

一つは、なるべく古い存在を選ぶこと。

妖怪を勝手に創れば、何でもありになってしまいます。また、新しい妖怪には、権利の関係もございます。そのため書物や伝承から、なるべく古い妖怪を選んでおります。

結果として、「牛鬼とは、コレだ！」などと、世間でのイメージが強く固まった妖怪ばかりを、描いて頂くことになりました。

イラストレーターのhakusai先生、漫画版の芳井りょう先生には、色々とご苦労をお掛けしております。先生方には、改めて感謝申し上げます。

出版社のTOブックスで、本作に関わって下さる関係者の方々にも御礼申し上げます。

二巻には東京の電波塔が出てきますが、都会を出しましょうとご提案下さったのは、本作にお声掛けをくださった副編集長様です。

そしてご担当下さる編集様。追加した部分の間違いをサッと見つけてご指摘下さいました。

本作は、TOブックスの関係者の方々が、高い次元で刊行まで導いて下さります。


三巻は、日本における陰陽師協会の成り立ちから、人外達の活動、将来への展望、負の遺産など、一樹達の世界が、一気に深まる展開となっております。2巻をお楽しみ頂けたのでしたら、きっと3巻もお楽しみ頂けるはずだ、と、確信しております。

このあとがきを書いている時点では、三巻の刊行は決定しておりませんが（何しろ一巻の刊行前ですので）、きっと出させて頂けると信じて、作り込んでまいります。

書籍版、漫画版に、引き続きの応援を賜れますよう、何卒よろしくお願い申し上げます。

赤野用介

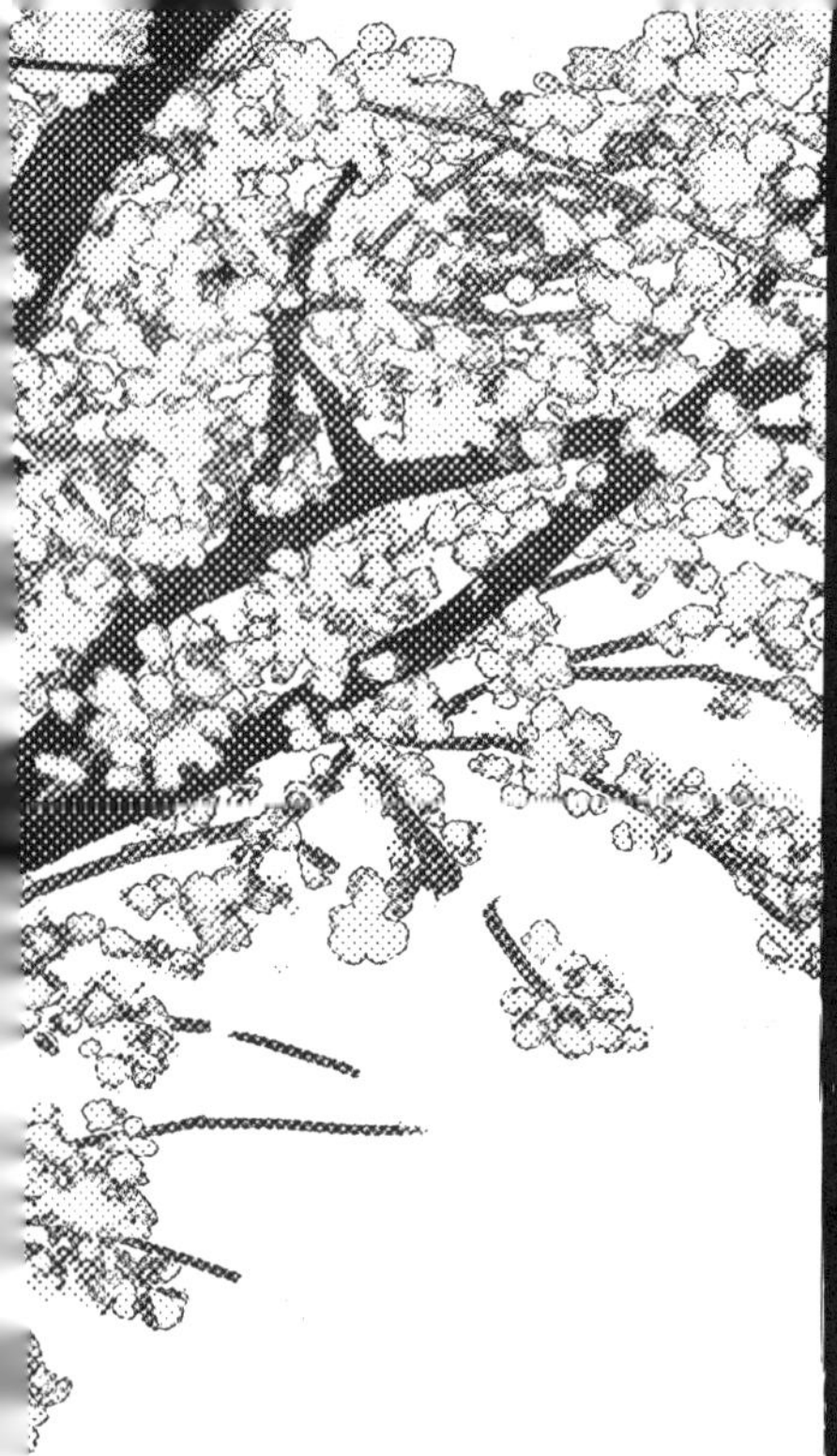

コミカライズ第2話　試し読み

漫画　芳井りょう
原作　赤野用介
キャラクター原案　hakusai

てんせいおんみょうじ・
かもいつき

第2話
!

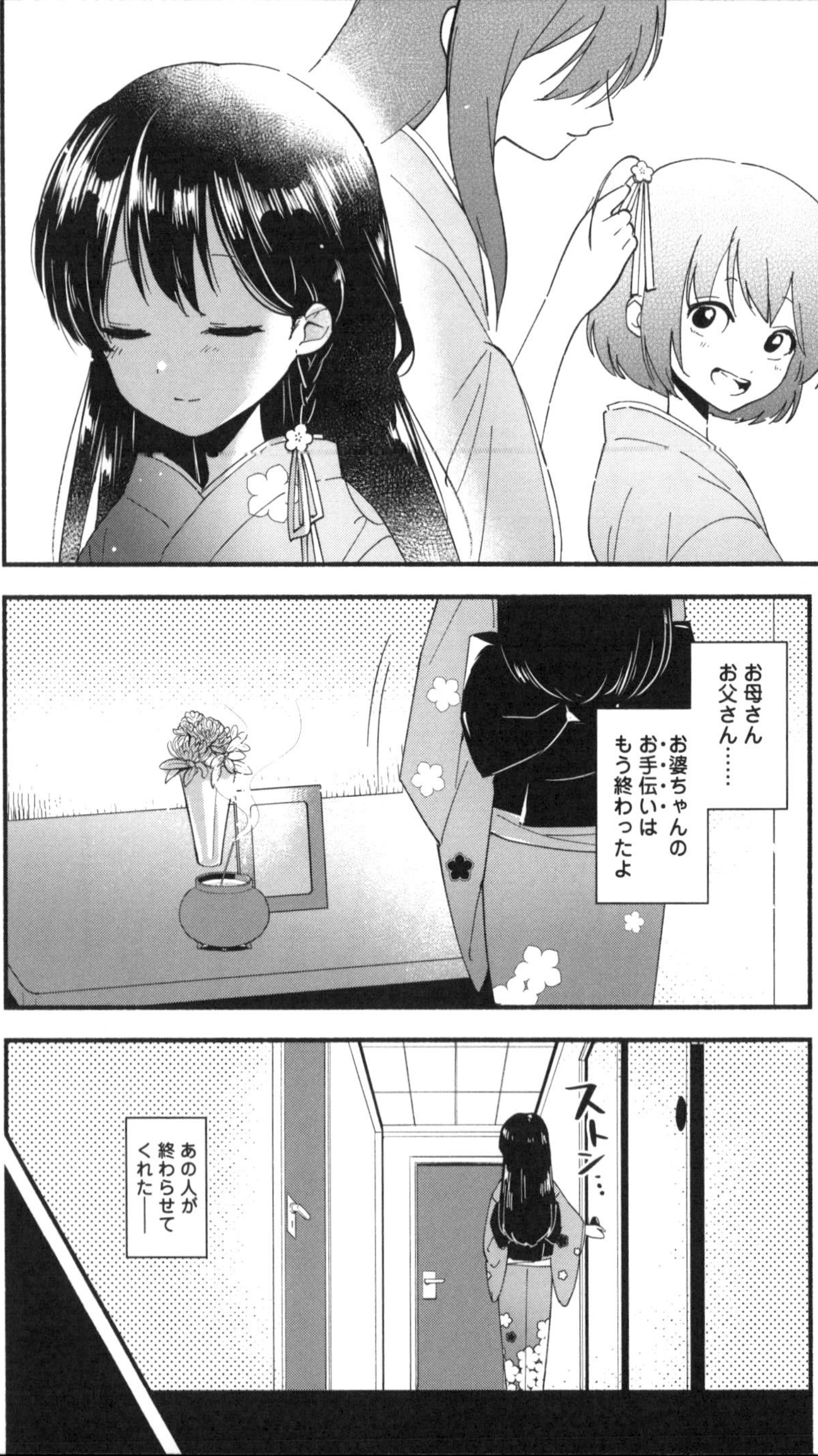

お母さん
お父さん……
お婆ちゃんの
・・・・
お手伝いは
もう終わったよ
ストトン…
あの人が
終わらせて
くれた――

カヤ
鳴弦《めいげん》！

ぐん

――さま
主様《あるじさま》

主様ーー！
夢か……
ガチャ
主様！
パタン…
朝ご飯ができましたよ

すみません
簡単な
もので
もっと
多いほうが
よかった
ですか？
い　いや!!
ありがとう
すごく美味そう
だ……
手下や
召使いにした
つもりでは
ないのだがな……
ず…
山姥を退け
蒼依は
俺の式神《しきがみ》になった
のだが……
山姥退治
直後のこと
式神に
してから
気付いた
どうやって
蒼依に『気』を
送り続けるんだ
……？

蒼依は式神にして生者
精霊の牛鬼と違って引っ・・・こめることはできない
俺と蒼依が離れ離れになれば
その間に気が尽きて山姥と化してしまう可能性もある
常に側にいてもらうには……やはり一緒に住むしか……
おい!!
こんな玉のような娘をウチに呼ぶのか……!?
…………
蒼依
俺と一緒に暮らしてくれ
(そちらのデカい屋敷に居候《いそうろう》させてください!)
はい!
快諾
ちなみに父さんは元のボロアパートに帰っていった
若もん同士水を差しちゃ悪いからな!
ワハハハハハハハハハハハ

それから蒼依は何かと俺の面倒を見てくれる
それは嬉しいのだが――
ほくほく
居候の初日
蒼依が手料理を振る舞うと言って聞かないので
ええっと…… 極力手をかけずに たとえば水を入れて煮るだけのやつ……
?
軽い気持ちで晩飯にカレーをリクエストしてみた
CURRY
ふと台所を覗《のぞ》くと蒼依は
まず小麦粉からナンを練っていた
おかわりもありますから！
もり もり
ビクッて
あ ああ……

さて今後の話だが……
ごちそうさまでした…
俺は正式な陰陽師になろうと思う
正式な……ですか？
ああ
今までは父さんの見習いということになっていたけど
これを機に国家資格を取って独立する
一応国家資格持ち陰陽師(C級)
居候も悪いしな
ホントは妖怪退治を請けやすくして魂の穢れを少しでも早く祓《はら》いたいというのが本音——
そのためにまず必要なものが
新しい式神だ

牛鬼は強力だが
体が大きすぎる
屋内の依頼で
使うわけには
いかないだろう
わ
私ではお役に
立てませんか？
確かに蒼依は
俺が神気を与えた
式神
・・・・
それなりの力は
備えている
だろうが……
戦えるのか？
お婆ちゃんの
ように
私も念じれば……

これは……
女神イザナミが持つとされる『天沼矛《あめのぬぼこ》』……を象《かたど》っている
蒼依の祖母・山姥は曲がりなりにも女神イザナミの分体だった
人を喰わなかった蒼依は女神イザナミの性質に寄っているということか

実態は式神とはいえ
人として暮らすには
強く神々しすぎる――
蒼依のことを
考えると
軽々しく
使役するべきでは
ないだろうな
コト.
……悪いが
ガーンッ
蒼依には
式神としてより
俺の家族として
暮らしてもらいたい
……かな
……
そうですか
てれ…
…………
というわけで――
新しい式神の候補は
決まっている

『八咫烏《やたがらす》』
神の遣いである
3本足の
カラスだ
生息地は
ある程度
絞りきれている
――
奈良県・吉野郡天川村
弥山《みせん》
ぴた
あ
主様――
少し
休憩なさい
ますか
神気を
備えた山姫
ゼェ
ハア
ハア
ゼェ
肉体は
男子中学生
すまない
蒼依には
世話ばかり
かけている
……
いいえ
主様は
私の家族
ですから
うっ……

電車代
タクシー代
八咫烏
飼育設備費
その他雑費
日々の衣食住
家事全般
おいしい
おにぎり
資金源は
山姥が遺した
莫大な遺産
から――
とはいえ
さすがに罪悪感が
出てきた
確かに蒼依は
俺がいないと
死ぬか山姥に
なってしまう
けど
何もしなくたって
俺は蒼依を
見捨てないのに――
ヒュルル…
式神符
……!
ザッ
偵察用とはいえ
・・・
それなりの
気を込めて
あるはずだ
八咫烏に
やられた
のか？
CORONA EX
続きはコロナEXで！
TObooks

転生陰陽師・賀茂一樹

～二度と地獄はご免なので、閻魔大王の神気で無双します～

三

赤野用介

Illustration hakusai

陰陽師になれば、
旦那様のお役に
立てますか!?
次なる試練は弟子育成!?
とある陰陽師が
地獄から返り咲く
無双萬屋、第三弾!
2024年発売!
コミカライズも大好評連載中!

TOブックス
コミカライズ
連載最新話が
読める!
パイスラリー様!!
月額400円(税込)で
全作品が読み放題!

転生陰陽師・賀茂一樹　二
～二度と地獄はご免なので、閻魔大王の神気で無双します～

2023年12月1日　第1刷発行

著　者　赤野用介

発行者　本田武市

発行所　TOブックス
〒150-0002
東京都渋谷区渋谷三丁目1番1号　PMO渋谷Ⅱ　11階
TEL 0120-933-772（営業フリーダイヤル）
FAX 050-3156-0508

印刷・製本　中央精版印刷株式会社

ISBN978-4-86699-997-5